Et si c'était vrai

Marc Levy

假如　　这是　　真的

［法］马克·李维 / 著　　　杨光正 / 译

湖南文艺出版社
HUNAN LITERATURE AND ART PUBLISHING HOUSE

博集天卷
CS-BOOKY

Laffont / SLA

献给
路易

目 录
Contents

假如生命不曾燃烧

也许我们该这样相爱

海边的卡麦尔

我知道，你不会忘记

在一个夏天，安静睡去

　　还真得相信女主人这番严肃的话给这辆英国旧车留下了非常深刻的印象，因为钥匙一转，它的引擎就发动了起来。美丽的一天开始了。

1996年夏

浅色床头柜上的小闹钟刚刚响过。五点半了。整个房间沐浴在金色的阳光里，只有旧金山的黎明才会这般灿烂。

全家人都还睡着，大地毯上趴着小狗嘉莉，劳伦钻在大床中间的羽绒被窝里。

劳伦的套间里散发着温馨的气息，令人心醉。这个套间坐落在一幢维多利亚式楼房的顶层，朝着格林大街，里面有美式的厨房兼客厅，一间起居室、一个大卧室，还有带窗户的宽敞浴室。地上铺的是金黄色的宽条地板，浴室的地板涂成白色，相间着漆成黑色的方块。从联合大街画廊淘来的古画点缀着白色的墙壁，天花板四周的顶角线用细木精心雕刻而成，它们出自二十世纪初一位巧匠之手，劳伦又用淡红褐色把它们衬托得更加鲜明。

　　几块黄麻绦子镶边的椰子纤维地毯，在客厅、餐室以及壁炉四周的边线上铺着。壁炉的对面，一张本色棉布的长沙发，让人不由得想要深深地埋在里面。三年来逐一添置的几盏漂亮台灯戴着打褶的灯罩，俯视着几件分开摆放的家具。

　　昨夜事情来得很突然。劳伦是旧金山纪念医院的住院实习医生。由于一场大火中的伤员晚点到达，她只好将平常二十四小时的值班时间延长。在她换班前十分钟，第一批救护车突然拥入急诊室外的两层门之间。在同组值班人员绝望的目光下，她毫不迟疑地投入抢救，迅速将首批伤员分派到各个不同的预备治疗室。她动作娴熟麻利，每位病人检查几分钟，挂上用颜色表示病情的标签，写出初步的诊断报告，开出先要检查的项目，然后领着担架车去合适的治疗室。从半夜十二点到十二点一刻，救护车上抬下十六位伤员，分类工作在十二点半就告结束。被召回应急的外科医生从十二点四十五分起便开始这漫漫长夜里的第一批手术了。

　　劳伦在接连的两次手术中给费斯坦大夫当助手，直到他正式命令她回家后才离开。大夫提醒她说，过度疲劳会引起感觉迟钝，这对病人来说是很危险的。

　　深夜，她驾着自己的凯旋牌汽车离开医院的停车场，经过那些空荡荡的街道，飞快地开回家。"我太累了，我开得太快了。"她一刻不停地重复着这些话，不让自己睡着。不过只要想到随时可能从家里赶回急诊部的抢救室，这个念头就足以让她保持清醒了。

　　她启动车库的遥控大门，把这辆旧车停到车库里，然后穿过里面的通道，三步并作两步地爬上楼梯，如释重负地回到家中。

壁炉上座钟的指针指着两点半。劳伦站在她那间大起居室的中央，把衣服脱到地板上，一丝不挂地走到吧台后面，给自己泡了杯药茶。那些装点着搁板的短颈大口瓶里装着各种各样的香精，好像白天的每一刻都有她泡制的芳香。她把茶杯放在床头柜上，蜷缩到羽绒被里，即刻就睡着了。过去的这一天实在是太长了，而即将来临的另一天又得起个大早。她想利用两天的休假，可这回假期刚好与周末重叠在一起。她已经接受了邀请，去卡麦尔的朋友家。虽然累积起来的疲劳使她完全有理由睡个懒觉，但她还是早早被闹钟吵醒了。劳伦喜爱远处道路上黎明的景色，那条路沿着太平洋海岸，把旧金山和蒙特瑞海湾连接在一起。她迷迷糊糊地摸索着闹钟上的止闹杆。接着她用两只握成拳头的手揉揉眼睛，一睁眼就看见睡在地毯上的嘉莉。

"别这样瞧着我，我已不再是这个星球的人了。"

一听到她说话的声音，小狗急忙绕着床转了一圈，然后把头放在女主人的肚子上。"我要离开你两天，乖乖。妈妈大概十一点钟来接你。走开，让我起来，还要给你弄吃的。"

劳伦舒展双腿，伸着懒腰打了个长长的哈欠，然后并起双脚跳下了床。

她将着头发，来到厨房吧台的后面，打开冰箱，又打了个哈欠，取出黄油、果酱、面包片和狗罐头，一包开过封的帕尔玛火腿，一块荷兰古达奶酪，一个咖啡杯，两小盒牛奶，一盒糖煮苹果糊，两罐无糖酸奶，还有一些谷物冲片，半个柚子——另外半个留在冰箱底层的搁板上。嘉莉望着她，不停地摇脑袋。劳伦两眼瞪着它，喊道：

“我饿！”

像往常一样，她开始在一只笨重的陶制大饭盆里为她的小狗准备早餐。

然后她准备好自己的早点，坐到写字台边上。从那儿她稍稍转头就可以欣赏到索萨利托和它的那些挂在山丘上的房屋；金门大桥像是一个连字符横在海湾的两岸之间，还有蒂伯龙渔港。在她的视线下方，阶梯状的屋顶一直延伸到海滨。她将窗户打开，整座城市寂静无声。只有那些即将开往中国的大货轮上的雾笛，混合着海鸥的鸣叫，给这慵懒的清晨注入了一点节奏。她又伸伸懒腰，然后津津有味地吃起这顿丰盛的早餐。昨天夜里她没有时间吃晚饭。有三回她正准备啃个三明治，但每次都碰上她的呼机嘀嘀作响，唤她去看急诊。当别人遇见她，问她在干什么时，她总是一成不变地回答：“忙呗。”她狼吞虎咽地吃掉这顿丰盛早餐的大部分东西后，把托盘放进洗碗池，然后走进浴室。

她将手指放在木制百叶窗上滑动，把它们弄斜，接着脱掉白色棉衬衫，丢在脚底，然后走到淋浴喷头下。强烈而又温热的水柱终于让她清醒了，她用一块浴巾裹住腰，露着大腿和乳房，走出浴室。

她走到镜子前面，朝它噘个嘴，决定化个淡妆。她套上牛仔裤和翻领套衫，又脱下牛仔裤换上短裙，然后又脱掉短裙换上牛仔裤。她从大衣柜里取出一个长帆布袋，把几件衣物和化妆包丢到里面，周末的准备已经完全就绪。她转过身瞧见屋内一片狼藉，衣服丢在地上，毛巾到处都是，碗盘浸在水里，被褥乱糟糟的，于是，她做出一副非常果断的样子，向所有这些东西高声喊道：

"别作声，别发牢骚，我明天会早点回来，为下星期好好整理一下！"

接着她拿过笔和纸，写了封短信，然后用一块青蛙模样的大磁铁将纸压在冰箱的门上，信的内容如下：

妈妈：

谢谢你来照顾小狗，但千万什么都别整理，我回来会做的。

星期天五点左右我直接去你那里接嘉莉。我爱你。

你最喜爱的大夫

她套上大衣，温柔地摸摸小狗的脑袋，在它的前额上亲吻了一下，然后砰的一声关上了房门。

她从主楼梯下去，又从屋子外面绕了到车库里，随后几乎是双脚并拢地跳上她的那辆旧敞篷车。

"走了，我走了，"她重复地说，"我简直都不敢相信，这真是个奇迹，剩下的只是你要好好启动了。你若是要寻开心，哪怕空响一次，我就用糖浆把你的发动机灌饱，然后把你扔到废铁堆里去，用新的电动车来代替你！那车没有启动器，早上天冷时也不会发脾气，我想你都听明白了吧？启动！"

还真得相信女主人这番严肃的话给这辆英国旧车留下了非常深刻的印象，因为钥匙一转，它的引擎就发动了起来。美丽的一天开始了。

　　为了不吵醒邻居，劳伦慢慢地开车。格林大街是一条漂亮的街道，两旁都是树木和房屋。这儿的人们彼此认识，就像在乡村里一样。她过了六个路口，在到达横穿城市的两条大干线之一的范尼斯大道之前，把车速提到最高挡。淡淡的晨光随着时间染上了色彩，渐渐唤醒了城市那迷人的景色。在这些空旷的街道上，汽车飞速奔驰。劳伦体味着这令人心醉神迷的时刻。旧金山的斜坡尤其会让人产生这种眼花缭乱的感觉。

　　在苏特街她拐了个急弯。转向系统里发出噪声和叮当的撞击声。眼前的一个陡坡通向联合广场，现在是六点半。车上录音机里播放着声嘶力竭的喧闹音乐，劳伦很久没这么高兴了。她很开心。紧张、焦虑、医院、责任，所有这些都一扫而光。一个完全属于她的周末开始了，一分钟也不能浪费。联合广场一片寂静。几个小时后，两边的人行道就会挤满游客，还有去那些散布在广场四周的大商店买东西的市民。有轨电车会一辆接着一辆驶过，玻璃橱窗会被照得闪闪发亮，汽车会在公园下面的中央停车场入口排起长龙，公园里一拨拨唱歌奏乐的人会用几段乐曲和重复的老调来赚些零钱。

　　在清晨最早的这一刻，这里暂且还是静悄悄的。商店门面的灯熄灭了，几个流浪汉还睡在长凳上。停车场的门卫在岗亭里打着盹儿。随着排挡有节奏地切换，凯旋车飞速向前，像是吞噬着扑面而来的马路。前面一路绿灯，劳伦把车速换到二挡，以便更顺利地拐进波尔克街，这是连接广场的四条街道之一。劳伦晕乎乎的，一条薄绸方巾当作束发带裹在头上。她在梅西百货巨大的门前开始转弯。拐弯的弧线是无懈可击的，轮胎发出轻微的摩擦声。一阵奇怪的声音之后，紧接着的是叮叮当当的撞击声，一切都很快，撞击声混杂起来，掺和在一起，互相纠缠不休。

突然咔嗒一声响！时间凝固了。转向系统失去了对车轮的控制，联系彻底中断了。车子横着溜过去，在依旧潮湿的马路上滑动。劳伦绷紧了神经，双手紧紧握住被驯服的方向盘，一个劲儿地空转，方向盘失灵了。凯旋车继续滑动，时间好像变得疏松可塑，犹如在一个长长的哈欠里，一下子被拉长了。劳伦感到头晕目眩，实际上这是周围的东西在以惊人的速度绕着她转。汽车就像一只陀螺，车轮猛地撞上了人行道，车子的前身直立了起来，撞上了消防龙头。引擎盖继续升向天空。最后，汽车翻转起来，将劳伦甩了出去——对于这样挑战重心定律的原地旋转来说，司机已经过于沉重了。劳伦的身体被抛到空中，又被摔到了一家大商店的墙面上。一块巨大的玻璃橱窗炸裂了，碎片撒得到处都是。年轻女人在铺满玻璃碴的地上翻滚了几下，便不再动弹，长发散落在碎屑上。而那辆老凯旋车也结束了它的行程和生涯，车身的一半靠在人行道上，翻了个底朝天。只有一丝蒸汽从它的腹部漏出，呼出了最后一口气，结束了它那像英国老妇人般的任性无常。

劳伦一动不动，安静地躺着。她面容平静，呼吸缓慢但很规律，嘴巴微微张开，双眼紧闭，像是睡着了一般。她的长发围着她的脸，右手搭在肚子上。

停车场的门卫在岗亭里眨巴着眼睛，他全看到了。以后他肯定会说："这起车祸'就像电影里一样'，但刚才那一幕'却是真的'。"他站起身跑到外面，又改变主意跑了回去，紧张不安地拿起电话，拨了911。他叫了救护车，紧接着，急救工作就开始了。

旧金山纪念医院的食堂是一个很大的房间，地上铺着白瓷砖，墙壁漆成黄色。许多用塑料板做的长方形餐桌沿着中心通道分散摆放着。这条道一直通往出售真空食品和饮料的售货机。菲利普·斯特恩医生手里握着一杯凉了的咖啡，躺在一张长桌上打瞌睡。在稍远点的地方，他的搭档正坐在一把椅子上前后摇晃着，目光呆滞。呼机在斯特恩的口袋里响了起来。他睁开一只眼睛，看看表，嘴里咕哝着，再过一刻钟他就要值完班了。"真见鬼！我真是不走运。弗兰克，给我接总台。"弗兰克摘下墙上挂在他头顶上方的电话，静听里面的声音传递给他的消息，然后挂上电话，转过身朝向斯特恩说："起来，伙计，我们的差事，联合广场，编号3，看来挺严重的……"这两个被编在旧金山医疗急救中心的住院医生站了起来，朝急诊部的双层门走去，救护车等在那里，引擎已经发动，车灯闪闪发光。救护车的警报器短促地响了两声，表示02小组出发了。现在是六点四十五分。市场路空无一人，救护车飞也似的在清晨疾驶。

"他妈的，今天还是个好天。"

"你为什么发牢骚？"

"因为我累死了，我要去睡觉，但现在我又得去干活。"

"左转弯，前面是单行道，禁止通行。"

弗兰克向左拐，救护车开上波尔克街向联合广场驶去。"瞧，快冲，我看见它了。"一来到大广场，两位住院医生就看见老凯旋车的车架搭在消防龙头上。弗兰克关掉了警报器。

"我说，他撞得还挺准的。"斯特恩从车上跳下来，边看边说道。两个警察已经到了现场，其中一人带着菲利普向破碎的玻璃橱窗走过去。

"他在哪儿？"住院医生问警察。

"在那儿，在你前面，是个女的，她也是个医生，急诊部的。你或许认识她。"

说话间斯特恩已跪在劳伦的身旁，他高声叫喊然后他的搭档跑过来。他拿起一把剪刀，剪开了年轻人的牛仔裤和套衫，让她的身体裸露出来。在修长的左腿上有一处明显青紫色的变形，中间是一大块血肿，表明那是一处骨折。身体的其他部位没有明显的挫伤。

"给我准备心电图机的金属片和输液器，她的脉搏很弱，没有血压，呼吸48次，头部创伤，左股骨闭合性骨折并有内出血，再准备两个叉形接头。你认识她吗？她是不是我们一起的？"

"我见过她，她是急诊部的住院实习医生，在费斯坦那里干。她是唯一能受得了他的人。"

菲利普对最后这句话没有做出反应。弗兰克把仪器的七块金属片放在年轻女人的胸脯上，用不同颜色的电线把每一个金属片和便携式心电图机连接起来，然后打开仪器。屏幕立刻亮了起来。

"图形显示怎么样？"菲利普问道。

"都很糟，她很危险。血压80/60，脉搏140，嘴唇青紫，我给你准备一根口径7的气管内插管，我们把它插进去。"

斯特恩医生移动了一下导管，把盐水瓶递给了一个警察。

"好好抓牢，我要腾出两只手。"

他从警察那儿快步走到搭档身边，要他去往输液管里注入5毫克的肾上腺素，125毫克的甲强龙（注射用甲泼尼龙琥珀酸钠），并且立刻准备好心脏除颤器。这时，劳伦的体温突然开始下降，心电图机上的图形变得不规则。在绿色屏幕的下方，一颗小小的红心开始不停地闪烁，随之而来的是短促又重复不断的嘀嘀声，预示着心脏的纤维性颤动迫在眉睫。

"嗨，妞儿，你要挺住啊！她大概体内大出血，她的腹部怎么样？"

"软的，可能是大腿里出血。你准备好插管了吗？"

不到一分钟，插管就插入劳伦的气管里，导管的另一头连着呼吸器的套管。斯特恩询问有关的数据，弗兰克告诉他呼吸稳定，但血压已经掉到了5。他还没来得及把话说完，仪器就发出刺耳的嘶叫声，取代了刚才短促的嘀嘀声。

"糟了，她的心脏开始纤维性颤动了，你给我打300焦耳。"

菲利普把心脏除颤器的两极把手互相擦了擦。

"好了，有电了。"弗兰克大声叫道。

"让开，我来给她电击！"

在电流脉冲的刺激下，躯体猛地一下弯曲，肚子向上拱起来，然后又落下去。

"不行，这没用。"

"调到360焦耳，我们重新来。"

"让开！"

躯体挺起来而后又落下去。"给我加5毫克肾上腺素，另外再充电360焦耳。闪开！"菲利普又电击了一次，躯体又惊跳一次。"纤维性颤动没有停止！我们要失去她了。在输液管中注入一个单位的利多卡因，重新充电，让开！"躯体拱了起来。"注入500毫克的钹，用380焦耳，马上再充一次电！"

劳伦又被电击了一次，她的心脏像是在回应给它注入的强心药，重新有了稳定的节奏，但这只延续了一会儿；几秒钟后，刚刚停歇的嘶叫声又响得更加厉害……"心跳停止！"弗兰克惊呼道。

菲利普立即用一种非同寻常的拼劲开始心脏呼吸按摩。他一心想把她救活，他恳求道："别犯傻了，今天天气好，不要走，别对我们这样。"然后他命令自己的搭档再一次给机器充电。弗兰克努力让他镇静下来："菲利普，算了，那一点用也没有。"但是斯特恩不愿放弃，他大声叫喊要弗兰克给心脏除颤器充电。他的搭档只好照办。他让别人闪开也不知是第几回了，劳伦的躯体又拱起来，但是心电图上还是平平的一条线。菲利普又开始按摩，他的额角上沁着汗珠。疲惫使这个年轻医生在自己的无能为力面前更强烈地感受到了一种绝望。他的搭档意识到，菲利普的思维已经丧失了逻辑，他本该在几分钟之前就停止一切抢救，宣布死亡的时间，但是这些他都没做，他继续在进行心脏按摩。

"再加5毫克肾上腺素，打到400焦耳。"

"菲利普，算了，这没意义了，她死了。你别乱来了。"

"闭上你的臭嘴，照我说的去做！"

警察向跪在劳伦旁边的住院医生投去质疑的目光。斯特恩对此丝毫没注意到。弗兰克耸耸肩膀，向输液管里注入新的剂量的药水，重新给仪器充电。他宣布到了400焦耳的极限，斯特恩甚至都没让其他人闪开，便上去电击。在强大的电流刺激下，劳伦的胸部猛地从地面抬起来，但心电图上还是一条令人绝望的平平的线。住院医生对它看也不看——在这最后一次电击之前他便已经知道了这个结果。他用拳头去砸劳伦的胸脯。"他妈的，他妈的！"弗兰克抓住他的肩膀，把他紧紧抱住。

"住手，菲利普，你已经失去了理智，冷静点！宣布她死亡，然后我们就收拾东西走人。你正在失去对自己的控制，现在你需要休息。"

菲利普满头大汗，两眼惊慌不安，完全像疯了一样。弗兰克提高了嗓门，两只手钳住朋友的头，强迫他看着自己的眼睛。

弗兰克命令他冷静，在菲利普没有任何反应的情况下打了他一个耳光。菲利普这时才缓过神来。弗兰克用平缓的声音说："跟我回到现实中来，伙计，清醒过来。"他也耗尽了力气，松手站起来时目光也是同样呆滞。警察吓呆了，他们注视着这两位医生。弗兰克一边走，一边绕着自己转圈，看上去完全不知所措。菲利普依旧缩着身子跪在地上，慢慢抬起头，张开嘴巴，用低沉的声音宣布："七点十分，死亡。"他对那个屏住呼吸还拿着输液瓶的警察说："把她带走吧，已经完了，对她什么也做不了了。"然后他站起来，抓住搭档的肩膀，把他带往救护车。"好了来吧，我们回去。"两个警察的眼睛一直盯着他俩，看着他们爬上救护车。

其中一人说："这两个医生怪得很！"另一个警察看着他的同事说："有一个案子你经历过吗？其中我们的一名同事被人杀了。"

"没有。"

"那你就无法明白他们刚刚感受的那一切。好了，你帮我一下，我们小心地把她抬起来放到车里的担架上去。"

救护车已经拐过街角。两个警察抬起劳伦毫无生气的躯体，放到担架上，罩上盖布。节目已经结束，几个迟来的看热闹的行人离开了现场。救护车里，两个搭档从上车后就一直沉默不语。还是弗兰克打破了沉寂。

"菲利普，你刚才怎么啦？"

"她还不到三十岁，她是个医生，还这么漂亮，漂亮得让人瞧上一眼死了也甘心。"

"可到头来她还不是死了！因为她漂亮又是医生就能改变要发生的事情吗？她本来可以长得很丑，好端端地在超市工作。这是命运，你对此无能为力，她的时辰到了。我们回去，你去睡个觉，尽量忘掉这些事吧。"

离他们两幢楼远的地方，警车驶入一个十字路口。这时一辆出租车闯了个不折不扣的红灯。愤怒的警察猛地刹住车，拉响了警报器，里莫服务公司的出租车司机停下来，卑躬屈膝地道歉。劳伦的躯体从担架上掉了下来。两个警察跑到车子后面，年轻的那个抓住两只脚踝，年长的警察抓住胳膊。他瞧了一眼年轻女人的胸脯，这时，他的脸突然僵住了。

"她有呼吸！"

"什么？"

"我说她有呼吸，你去开车上医院。"

"你明白了吧！无论如何，这两个医生总让人觉得不清不楚。"

"住嘴，开车吧。这会儿我一点都不明白，但我会找他们算账的。"

警车像龙卷风一般超过了救护车，两个住院医生目瞪口呆。"这是刚才那两个警察！"菲利普想拉响警报器跟上去，但弗兰克表示反对，他已经精疲力竭了。

"他们为什么这样开车？"

"我什么都不知道，"弗兰克回答，"可能这不是他俩。他们都很像。"

十分钟后，他们停在警车的边上，警车的两扇后门还开着。菲利普下了车，走进急诊部的大门。他径直走向接待处，脚步越走越急。他没向接待小姐打招呼便开口问道：

"她在几诊室？"

"你说谁啊，斯特恩大夫？"值班的护士小姐问道。

"刚刚送来的那个年轻女人。"

"她在3号手术室，费斯坦已经去那儿了，据说是他小组的人。"

年长的警察从斯特恩的身后拍拍他的肩膀。

"你们这些医生，脑袋里都在想些什么？"

"对不起，你说什么？"

他说对不起，这做得不错，但这还不够。一个还在他的警车里呼吸的年轻女人，他怎么能够宣布她已经死亡了呢？"你知道吗？没有我的话，她就要被活活地放进冰库去了。"他会听到他打小报告的。这时，费斯坦大夫从手术室里走出来，故意装出对警察毫不在意的样子，直接问年轻医生："斯特恩，你注入了多大剂量的肾上腺素？""4次，每次5毫克。"住院医生回答。教授立即对他加以斥责，并提醒他说他的行为超越了常规抢救范围。然后对警察说他确定劳伦在斯特恩大夫宣布她去世之前就已经死了。

他补充说，抢救小组的错误可能就是过于想让这位伤员的心脏重新搏动。为了不让对方争辩，他解释说："注入的药液堆积在心包附近，当你不得不猛烈刹车时，药液便进入了心脏。心脏纯粹是对化学作用起反应，因而才开始跳动。"不幸的是这不能改变遇难者的脑死亡。至于心脏，当药效一过，它就会停止跳动。"也许在我与你说话的时候，这种情况就已经发生了。"他劝警察为自己完全不合适的紧张情绪向斯特恩大夫道歉，同时请斯特恩在走之前去见他。警察向菲利普转过身去低声说："我算看出来了，不干警察这一行的，照样也包庇自己人。我不会向你道歉的。"他转过身去，走出医院。尽管双层门的两扇大门在他身后重新闭上，但还是能听见他气呼呼地关车门的声音。

斯特恩站着，双手放在柜台上，眯缝着眼睛瞧着值班护士小姐。"可这究竟是怎么回事？"护士耸耸肩，提醒说费斯坦在等他。

他敲了敲劳伦的上司那扇微微开启的房门，教授请他进去。费斯坦站在办公桌的后面，背朝着门望着窗外，他明显是在等斯特恩先说话。菲利普开口了。他承认不明白教授刚才与警察所说的话。费斯坦生硬地打断了他。

"你好好听着，斯特恩，我和这位警官所说的都是那些能向他解释的最简单不过的东西，这是为了让他不打你的小报告，免得毁了你的前程。对于一个有你这样经验的人，你的行为是无法让人接受的。当死亡摆在我们面前的时候，必须学会承认它。我们不是神，无法对命运负责。这个年轻女人在你们到达时就已经死了，你们的执拗会让自己付出很高的代价。"

"但是对于她重新开始呼吸，你又如何解释？"

"我对此不做解释，我也不需要解释。许多事情我们不了解。她死了，斯特恩大夫。如果你对此感到不乐意，那是另一回事，但是她确实是死了。她的肺在呼吸，她的心脏独自在跳动，对我来说这些都毫无意义，她的脑电图是条平直的线。她的脑死亡是不可逆转的。我们等待其他部位的死亡，然后把她送到太平间。就这样。"

"可是你不能这样做，不能在证据如此明显的情况下这样做！"

费斯坦扬起头表示他的不快，他提高了嗓门。他不需要别人来教训他。斯特恩知道抢救室一天的费用是多少吗？他以为医院会腾出一张床来维持一个"植物人"的人工生命吗？费斯坦激动地劝他再成熟一点。他反对迫使病人家属花费许多时间去陪伴一个没有生气、没有智力只是靠机器维持生命的人。斯特恩之所以拒绝做出这种决定，只是为了满足医生的自我。

他命令斯特恩去冲个澡，从他的视野里滚开。年轻的住院医生面对教授站着不动，更加起劲儿地重新提出自己的理由。当他宣布死亡时，伤者的心脏呼吸停止已经有十分钟了。她的心脏和肺脏已经死去。不错，他是超常奋力抢救，因为在他的医生生涯中他第一次感觉到这个女人不愿死去。他向教授描述在她依旧睁开的眼睛后面，他感觉到她的挣扎和对坠入死亡深渊的拒绝。

因此，他与她一起进行超越常规的搏斗。十分钟后，与所有的逻辑相悖，和所有老师教他的东西相反，她的心脏又开始跳动，她的肺又开始从空气中呼吸生命的气息。他接着说："你说得有理，我们只是医生，我们并非全能全知。这个女人也是一个医生。"他恳求费斯坦给她机会。曾经有过昏迷半年多的病人又复活的，没有人明白其中的奥秘。她所表现的临床症状是绝无仅有的，所以，抢救要花多少费用随他去好了。"别让她走，她不愿意，这就是她跟我们说的话。"教授停顿了一会儿，回答说：

"斯特恩大夫，劳伦是我的一个学生，她脾气不好但很有才气，我非常欣赏她，对她的前途也抱有很大的希望，我对你的前程也同样抱很大的希望。就说到这儿吧。"

斯特恩走出办公室，连门也没关。弗兰克在走廊里等着他。

"你在这里干吗？"

"你脑袋里究竟在想些什么，菲利普，你知道你用这种口气在跟谁说话吗？"

"那又怎么样？"

"跟你说话的那位是这个年轻女人的教授，他认识她并和她并肩工作了十五个月，他救过的命也许你当一辈子医生也救不了那么多。你得学会自我控制，有时候你真的是胡说八道。"

"滚你的蛋，弗兰克，今天我已经让人训得够多了。"

费斯坦大夫走过去关上办公室的门。他拿起电话，犹豫了一会儿，又将它放下。他向窗子走了几步，突然又转身拿起电话。他让总机转手术室。很快一个声音从另一端传过来。

"我是费斯坦，请准备一下，十分钟后手术，我让人把病历送上来。"

他轻轻地挂上电话，摇摇头，然后走出办公室。刚一出门，他就迎面撞上了威廉斯教授。

"你怎么样？"威廉斯问道，"去喝杯咖啡好吗？"

"不，我不能去。"

"你干吗？"

"干一件蠢事，我准备去做一件蠢事。我得走了，回头我给你打电话。"

费斯坦走进手术室，一件绿色的罩衣紧紧裹住他的腰部。一名女护士为他戴上消毒手套。手术室很大，一组人围着劳伦的躯体。在她的头后面，一架监测仪上的图形随着她的呼吸和心跳起伏振荡着。

"数据怎么样？"费斯坦向麻醉师问道。

"很稳定，稳定得令人难以置信。心跳65，血压120/80。她睡着了，血液中气泡正常。你可以开始了。"

"是的，她睡着了，像你说的那样。"

解剖刀沿着整个骨折部位把大腿割开。在分离肌肉时，他开始和手术组的人说话。他称他们是"亲爱的同事"，说他们就要看到一位有二十年职业生涯的外科教授，去做一个应该是五年级住院实习医生做的手术——骨折复位术。

"你们知道为什么我要做这个手术吗？"

大概没有一位五年级的学生会同意在一个脑死亡已经两个多小时的人身上做骨折复位术。同样他也请他们不要提问题，而且他还感谢他们为做这一个手术做好准备。劳伦是他的一个学生，手术室里的所有医护人员都理解这位外科大夫，陪伴着他做手术。一位放射科医生走进来，让人把放射片子递给费斯坦大夫。底片显示在大脑枕叶处有血肿。费斯坦马上决定进行颅内穿刺。他在劳伦的后脑勺上开了一个孔，借助屏幕的控制，把一根纤细的针穿进脑膜。他引导这根针一直伸到血肿的部位。大脑本身好像没有被伤及。血液通过导管流出来，几乎是同一瞬间，颅内压力直线下降。麻醉师立刻增加氧气输送量，通过呼吸道的插管把氧气输往大脑。压力消除后，细胞重又进行正常的代谢，一点一点地将积累起来的毒素消除。时间一分一秒地过去，手术改变了人们原先的精神状态。医疗组所有的人都渐渐忘记了他们正在为一个临床上死亡的人做手术。每个人都认真地投入，一个个娴熟的动作紧密相连。肋骨部分的放射底片已经拍出，肋骨的骨折已经复位，胸膜已经穿刺。手术有条不紊，干净利落。五个小时后，费斯坦教授摘下手套，把它们相互拍了一下。他请其他的人缝合刀口，然后把病人送到监护室。他命令一旦麻醉药作用消失，就拔掉所有的呼吸辅助器管子。

他再次感谢手术组成员的到场，感谢他们在将来对此事严守秘密。在离开手术室前，他喊住一名叫贝蒂的护士，请她在给劳伦拔掉所有的管子后马上告诉他。他走出手术室，快步向电梯走去。在经过总机服务台时，他招呼接线小姐，想知道斯特恩大夫是否还在医院里。接线小姐回答说他已经垂头丧气地走了。他说了声谢谢并告诉她，如果有人找他的话，就说他在办公室。

劳伦从手术室出来就被送往监护室。贝蒂给她接上了心脏监视仪、脑电图仪以及人工呼吸器插管的套管。这样一来，躺在床上的年轻女人被装扮得活像一名宇航员。女护士采了血样，离开房间。入睡的病人平静安详，她的眼睑勾勒出一个温柔深沉的睡眠的轮廓。半个小时过去了，贝蒂打电话给费斯坦教授，告诉他劳伦的麻醉药性已经过去了。他立即询问那些关键数据。她证实了他所预料的结果，这些数据还是和先前一样没有变化。她坚持请他确认下一步该怎么办。

"你拔掉呼吸器。我一会儿下来。"

他放下电话。贝蒂走进监护室，把导管和插管分开，让病人试着自己呼吸。过了一会儿，她又拔出插管，让气管没有障碍。她把劳伦的一绺头发拢到后面，深情地望着她，然后关掉电灯走了出来。于是脑电图仪发出的绿光一下子便充斥了整个房间。图形还是平直的一条线。已经快晚上九点半了，四周寂静无声。

在进入监护室快一个小时的时候，示波器上的信号开始抖动，起先是非常轻微的。突然，线端的那一点一下子升往高处，画出一个巨大的陡坡形状，而后又朝下大幅跌落，最终重又恢复到一条平直的线。

没有人看见这一非常奇特的现象。事情也就是这么凑巧，贝蒂一个小时后才回到这个房间。她从地上拣起劳伦的那些数据，拉过几厘米从机器中吐出的打印纸带，发现了那个不正常的山峰形状，紧皱起双眉，又继续阅读另外几厘米纸带，证实了以后的图形都是平平的直线，便不假思索地把纸带扔掉了。她摘下挂在墙上的电话，接通费斯坦。

"是我，她的数据稳定，已经陷入深度昏迷。我该怎么办？""你去五楼找个床位。谢谢，贝蒂。"

费斯坦放下电话。

我会怎样遇见你

阿瑟犹豫了一会儿，然后描述道她有一双很大很大的眼睛，一张漂亮的嘴巴，一张与她的行为截然相反的温柔的脸，还说她有一双修长的手，勾画出优雅的动作。

1996年冬

　　阿瑟用遥控器打开车库的大门，停好他的车。他借道内部的楼梯回到自己的新居。他用脚砰地把门关上，放下皮包，脱掉大衣，倒在长沙发上。客厅中间凌乱地堆放着二十几只纸箱，提醒他尚未履行的义务。他脱下套装，穿上一条牛仔裤，专心致志地拆起纸箱来。他把里面的书放到书架上，地板在他脚下嘎吱嘎吱地响。他收拾停当，把纸箱折起来，用吸尘器吸地，又把厨房收拾完毕，这时已经很晚了。他欣赏着自己的新巢。"我大概变得有点古怪了。"他自言自语道。他跨进浴室，在淋浴和盆浴之间犹豫不定，最后还是选择了盆浴。他拧开水龙头，打开靠近木板挂衣壁橱的取暖器上的收音机，然后脱光衣服，爬进浴盆，如释重负地舒了一口气。

　　在101.3调频上，佩吉·李在唱《发烧》这首歌，阿瑟几次把头没入水中。让他吃惊的首先是他听到的这首歌曲的音响质量，然后是使人惊愕的立体声效果，尤其因为这是一台单声道的收音机。阿瑟仔细听着，那伴着旋律的响指似乎就是从壁橱那里传出来的。他吃惊地爬出浴盆，轻手轻脚地向橱门走过去，想听个仔细。声音越来越清晰。阿瑟犹豫了一会儿，屏住呼吸，猛地拉开两扇橱门，顿时惊得目瞪口呆，向后退了一步。

在衣架之间有一个女人，轻轻地闭着眼睛，看上去好像被音乐的节奏迷住了，正用拇指和中指打着响指。她在哼着歌曲。

"你是谁，你在这里干吗？"他问道。

女人惊跳起来，两只眼睛睁得大大的。

"你看得见我？"

"我当然看得见你。"

她似乎十分吃惊自己被他看见。阿瑟提醒她说自己既不瞎又不聋，接着又问她，她在那里干什么。她只回答说她觉得这样妙极了。阿瑟根本看不出在这种情形下的"妙处"，他用比刚才更为生气的口吻第三次发问，这么晚的时候她在他的浴室里干吗。"我想你不了解，"她答道，"摸摸我的手臂！"

他愣住了。她坚持道：

"请你摸摸我的手臂。"

"不，我不会摸你的手臂的，这究竟是怎么回事？"

她抓住阿瑟的手腕，问他当她碰他时他是否感觉到她的存在。他带着厌烦的神色肯定地说能感觉到，他看得见她，完全能听见她说话。他第四次问她是谁，在他的浴室壁橱里干什么。她回避他的问题，非常快活地重复道，他能够看见她、听见她说话而且能够触摸她，真是"令人难以置信"的事。阿瑟一天下来已经疲惫不堪，他没有开玩笑的雅兴。

"小姐，够了。这是不是我的合伙人开的玩笑？你是谁？欢庆乔迁新居的应召女郎吗？"

"你总是这样粗鲁？我看上去像个妓女吗？"

阿瑟松了口气。

"不，你不像是妓女，但是你却在半夜时分藏在我的房间里。"

"可现在赤条条一丝不挂的是你，而不是我！"

阿瑟惊跳起来，抓起一块浴巾，沿着腰部把身子裹了起来。他力图从窘态中恢复正常，因此他提高了嗓门。

"好吧，现在我们不玩这个游戏了。你从里边出来，回家去，你和保罗说这非常一般，非常非常一般。"

她说自己不认识保罗，还让他小点声。因为她也不聋，虽然其他人听不见他说话，她却听得很清楚。他累了，对眼前的情形一点也弄不明白。她像是受了很大的干扰，而他则刚搬完家，只想安安静静的。

"行行好，拿上你的东西回去吧。还有，你从这橱里出来好不好啊？"

"别着急，要出来可不是说说那么容易。我的界限并不是绝对明确的，尽管这些天来已经有了改善。"

"什么东西这些天来有了改善？"

"把眼睛闭上，让我试试看。"

"你试什么？"

"从壁橱里面出来，这不是你让我做的吗？好吧，闭上眼睛，我得要全神贯注，请你闭嘴两分钟。"

"你真是疯透了！"

"哦！这样让人讨厌真是够了。住嘴，闭上眼睛，我总不会待在里面过一晚上吧。"

阿瑟很窘，他服从了。两秒钟后他听到一个声音从客厅里传来。

"还不赖，正好在长沙发边上，还不错。"

他急忙冲出浴室，看见那个年轻女人坐在房间中央的地上。她的样子就像是什么也没发生过。

"你留下了地毯，我很喜欢，但我讨厌挂在墙上的这幅画。"

"我挂我想要的画，挂在我想挂的地方。我想睡了，如果你不想跟我说你是谁，这也不要紧，但现在你得出去！回家去！"

"我是在自己的家里！至少，这儿过去是我的家。所有这些真的令人困惑，难以理解。"

阿瑟摇摇头，他租住这个套房已经十天了。他告诉她这是他的家。

"是的，我知道，你是我死后的房客，这件事还挺滑稽的。"

"真是胡说八道，房东是位七十岁的老太太。'死后的房客'这话又是什么意思？"

"她要是听见你这么说大概会很高兴的，她只有六十二岁，是我的母亲。在目前的情况下她是我的法定监护人。我才是真正的房东。"

"你有一个法定监护人？"

"是啊，根据我的情况，我不可能在协议书上签字。"

"你在医院治病吗？"

"是的，可以这么说。"

"医院那边的人大概非常担心吧？是哪家医院，我陪你去。"

"告诉我，你是把我当作从精神病医院里逃出来的疯子了吧？"

"不不……"

"刚才把我当作妓女，现在又这么说，初次见面，这也够有意思的了。"

她是不是一个应召女郎或是一个古怪的疯女人，他都无所谓，他已经筋疲力尽，只想睡觉。她并没有站起来，而是顺势继续问道：

"你认为我怎么样？"

"我不明白这个问题。"

"我怎么样，我在镜子里照不出自己，我怎么样？"

"局促不安，看上去神色惊慌。"他不动声色地说。

"我是说身体上。"

阿瑟犹豫了一会儿，然后描述道她有一双很大很大的眼睛，一张漂亮的嘴巴，一张与她的行为截然相反的温柔的脸，还说她有一双修长的手，勾画出优雅的动作。

"如果我请你给我指引一个地铁站，你会把所有的中转站都告诉我吗？"

"对不起，我不明白。"

"你总是用同样精确的词汇来详细地描述一个女人吗？"

"你是怎么进来的，你有备用钥匙吗？"

"我不需要。你能看见我，这真是太不可思议了。"

她重又坚持说，被人看见对于她来说就是个奇迹。她发觉他描述她的方式很优美，并邀请他坐在身边。"我要跟你说的事情不容易听懂，要接受更是万分困难，但是如果你真的想听听我的故事。如果你真的愿意信任我，那么也许你最终会相信我，而这是非常重要的。因为你自己也不知道：你是这个世界上我能够与之分享这一秘密的唯一的人。"

阿瑟明白他没有选择的余地，他得倾听这个年轻女人跟他述说的事情。尽管此时他唯一的愿望是睡觉，他还是坐到她身边，聆听他一生中最难以置信的故事。

她叫劳伦·克莱恩，自称是住院医生，六个月前出了车祸，一次由转向系统断裂造成的严重事故。"从那以后，我便一直处于昏迷中。不，你什么都不要想，先听我跟你解释。"她一点也记不起车祸的情形。手术后，她在监护室里恢复了知觉。在经历了各种非常奇怪的感觉之后，她听到了所有在她周围说的话，但是却不能动，也不能说话。起初她把这种状况归因于麻醉的作用。"我弄错了，时间一小时一小时过去，而我的躯体却依旧不能苏醒过来。"她能继续觉察一切，却不能与外界联系和交流。在这种情况下，她经历了有生以来最大的恐惧，许多天都想着自己四肢麻痹了。"你想象不出我经受了怎样的磨难。我是我躯体的终身囚犯。"

她用尽浑身的力量想死去，但是当连自己的小手指也举不起来时，要结束自己的生命谈何容易。母亲坐在她的床头。她用意念哀求母亲用枕头将她闷死。随后，一个医生走进房间，她辨认出他的声音，来的人正是她的教授。克莱恩夫人问他当别人跟她女儿说话时，她女儿是否能听见。费斯坦回答说他对此一无所知，但据研究的结果可以认为，处在她这种情况下的人能够感知外界的信息，所以在她身旁说话时必须审慎。"妈妈想知道我能否在某一天苏醒过来。"他用平静的声音回答说他对此依然一无所知，但应该存有一线合理的希望，有的病人在几个月之后又苏醒过来了，尽管这很少见，但是确有发生。"一切都有可能，"他说，"我们不是神，我们无法知道一切。"他又补充说："深度昏迷对于医学来说还是一个谜。"奇怪得很，她听说自己的躯体完好无损，如释重负。诊断并不比医生的话让人更加放心，但至少不是最终结果。"四肢麻痹，这是不可逆转的。在各种深度昏迷的情况下，总是有着希望，尽管这种希望很小。"劳伦补充道。日子像脱落的果粒，一星期一星期过去，变得越来越漫长。

她在回忆中度过这些日子，还想着其他的地方。有天晚上她幻想着房门那一边的生活，想象着那走廊，护士们手里抱着资料或者推着四轮小车，她的同事们来来去去从一个病房走到另一个病房……

可是有一天发生了这样的事："我第一次来到了我如此强烈思念的走廊中间。刚开始我还以为是自己的想象在捉弄我，我很熟悉这些地方，这是我工作的医院。但是情景是惊人的逼真。我看到同行们在自己的身边；贝蒂打开有格子的橱柜，从里面取出敷料，又将它关上；斯蒂芬搔着头走过去，他有一种神经质的怪癖，总是不停地摸头。"

她听到电梯的开门和关门声，闻到送给值班人员饭菜的香味。没有人看见她，大家在她身边来来去去，甚至没有人想要避让她，对她的出现根本没有意识到。她感到疲倦，重又返回自己的躯体之中。

在这以后的日子里，她学着在医院里移动行走。她想着食堂便来到了食堂，她想着急诊室，啊，太棒了，她便身临其境。在经过三个月的练习之后，她已经能够离开医院的院子。就这样，她在一家自己喜爱的餐馆里与一对法国夫妇分享了一顿晚餐，在一家电影院看了半场电影，在母亲的房间里度过了几个小时。"我没有再去那里，与她这么近又不能进行交流，这让我难受极了。"嘉莉嗅到她的存在，呻吟着团团转，简直要发疯。她重新来到这里，毕竟这儿原先是她的家，还是在这里她感觉最好。"我生活在一种完全的孤独之中，不能够与人交谈，变得完全透明，在所有人的生活中都不复存在，你想象不到这是种什么样的滋味。于是当你今晚在壁橱边跟我讲话，当我发现你看得见我的时候，你便可以明白我的惊讶和激动了。我不知道为什么，但只要这能够延续就好，我能够和你说好几个小时的话，我如此需要交谈，我的心里有许许多多的话要说。"在这疯狂的言辞之后，是一阵沉默。一滴滴的泪珠从她的眼角流出。她望着阿瑟，把手放在他的脸颊上和鼻子下面。"你大概会把我当作一个疯子吧？"阿瑟平静下来，他被年轻女人的激情所感动，为刚刚听说的离奇故事所震惊。

"不，所有这些都……怎么说呢，都非常让人动心，令人吃惊，又很少见。我不知道该说什么。我想帮你的忙，但我又不知该说什么，该做什么。"

"让我留在这里，我会尽量不惹人注意，我不会打搅你的。"

"你真的相信你刚才告诉我的所有那些事情吗？"

"难道你连其中的一句话都不信吗？你是不是心想自己正面对着一个精神完全失常的姑娘？看来我是一点运气也没了。"

他请她坐回原处。如果她在半夜发现一个男人躲在浴室的壁橱里，稍稍有些过分激动，试图跟她解释他是处于昏迷状态中的某种像幽灵那样的东西，她又会怎么想？她在火头上的反应又会是如何？

劳伦绷紧的脸放松下来，在满是泪水的脸上露出一丝微笑。她最终向他承认"在火头上"她肯定会大声喊叫起来，她同意给他罪减一等，他对此深表感谢。

"阿瑟，我求你了，应该相信我。没有人能够编造得出这样的故事。"

"有，有哇，我的合伙人就能想象得出这种类型的玩笑。"

"那就忘掉你的合伙人吧！跟他一点没关系，这不是玩笑。"

他问她是如何知道他的名字的，她答道早在他迁入新居之前她就已经在这儿了。她看见他与房产公司的人一起来看房子，在厨房的吧台上签订租约。当他的纸箱运到时，他拆箱砸坏了飞机模型，那会儿她也同样在场。说实话，虽然为他感到遗憾，她还是对他当时的怒气着实嬉笑打趣了一番。她也同样看见他把这幅枯燥乏味的画挂在床边的墙上。

"你有点挑剔，把长沙发移来搬去不知多少遍，最后才放在唯一合适的位置，我当时真想给你提示一下，这个位置是明摆着的。打第一天起，我就在这里时时刻刻和你在一起。"

"那我冲浴或是躺在床上时你也同样在吗？"

"我没有偷窥癖。总而言之，你的身材还算不错，除了那个做爱的把柄需要留神以外，你还是挺不错的。"

　　阿瑟皱起眉头。她很有说服力，或更确切地说非常自信，但他觉得这是在兜圈子，这个年轻女人的故事并没有意义。如果她要相信这个的话，那是她自己的事。他根本没有任何理由要试图向她证明不是那么回事，他不是她的精神病医生。他想睡觉，为了了结这件事情，他建议她留下过夜。他去客厅里睡那张"他费尽心思才放置妥当"的长沙发，把卧室留给她。

　　明天她回去，回医院，回她愿意去的地方，他们的命运就此分开。但是劳伦不同意，她呆坐在他的对面，沉着脸，下定决心要让他听懂自己的话。她长长吸了口气，向他叙述最近这些天来他的所作所为，列举了一系列令人吃惊的证据。她引证了前天晚上大约十一点钟他和卡萝尔·安的电话交谈。"你谈起不愿再听人谈论起你俩的事的理由，给她上了一堂故作庄重的道德课之后，卡萝尔·安立刻挂断电话。相信我！"她提及在拆箱时他打碎的两只茶杯，"相信我！"她说起他醒得晚了，冲澡时被沸水烫伤的事，"相信我！"她还提起他一边找车钥匙一边独自发脾气。"你倒是相信我呀！"另外，她觉得他非常心不在焉，车钥匙都放在进门边上的小桌子上。电话公司的人星期二下午五点来，他让那人等了半个小时。"还有一次你啃着一个五香烟熏肉三明治，弄脏了衣服，在重新出门之前，你又换了身衣服。"

　　"你现在相信我了吗？"

　　"你刺探了我好几天，为什么？"

　　"我怎么刺探你呢，这里不是水门！又没有随处都是的摄像机和麦克风！”

"怎么没有呢！那样和你的故事就更加吻合了，不是吗？"

"拿上你的汽车钥匙！"

"我们去哪儿？"

"去医院，我带你去看看我。"

"瞧你说的！马上就要深夜一点了，而我却要去城市的另一头到医院去登记，请值班护士同意十万火急地领我去一个我不认识的女人的病房，因为她的幽灵在我的房间里，因为我非常想睡觉，因为她非常固执，还因为这是唯一使她让我安静的办法。"

"别的还有吗？"

"别的什么？"

"别的办法呀，你不是说你想睡觉吗？"

"我究竟做了什么事得罪了上帝老子，让我撞上这样的事？"

"啊，你又不信上帝，在电话里跟你的合伙人谈起一件合同时你曾说：'保罗，我不信上帝，如果我们做成这笔生意，是因为我们是最好的，要是我们失败了，那就得从中得到教训，对自己的行为做出反省。'那么就请你反省五分钟吧，我求你的只有这些。请相信我！我需要你，你是唯一……"

阿瑟拿起电话拨打他合伙人的号码。

"我吵醒你了吗？"

"没有哇，现在是深夜一点，为了去睡觉我正等着你给我打电话呢。"保罗答道。

"为什么？我应该给你打电话？"

"不，你不应该给我打电话。是的，你吵醒了我。这么晚了你想干什么？"

"让你跟某个人通话，还要跟你说你的玩笑是越来越愚蠢了。"

阿瑟把听筒递给劳伦，请她和他的合伙人说话。她拿不住听筒，她跟他解释她无法抓住任何物体。保罗在电话另一端已经不耐烦了，他问要跟谁说话。阿瑟微笑着，一副胜利者的姿态。他按下电话机的免提键。

"保罗，你听得见我说话吗？"

"听得见。我说，你在玩什么把戏？我可要睡了。"

"我也一样，我也想睡觉，你安静两秒钟。劳伦，跟他说，现在你跟他说！"

她耸耸肩。

"如果你愿意的话。你好，保罗，你肯定听不见我，但你的合伙人听得见。"

"好，阿瑟，如果你给我打电话又什么都不说，那好吧，时间也实在太晚了。"

"你回答她呀。"

"回答谁？"

"刚刚跟你说话的人。"

"刚刚跟我说话的是你，我在回答你。"

"你没听见其他人说话吗？"

"告诉我，伙计，你是劳累过度瘫倒了吗？"

劳伦用一种同情的眼神望着他。

阿瑟摇摇头。无论如何，如果他俩事先串通好，保罗是不会如此轻易松口的。扬声器里又传来保罗的声音，他在问要跟谁说话。阿瑟让他忘掉刚才的一切，并对这么晚打搅他表示抱歉。保罗很担心，想知道他是否一切都好，如果需要的话他就过来。阿瑟马上肯定地说一切都好，并对他表示感谢。

"那好吧，没什么，年轻人，你想做你的那些蠢事时，尽管吵醒我好了，不要有半点犹豫，我们是同甘共苦的合伙人。那么当你有像这样的蠢事时，你就吵醒我吧，我们一起来分享。好啦，我可以重新睡觉了吗，或者你还有其他什么事？"

"晚安，保罗。"

他们各自挂上电话。

"陪我去医院吧，本来我们早已到那儿了。"

"不，我不陪你去，走出这个门就等于是传播这种荒诞不经的故事。我累了，小姐，我想去睡觉。你就睡我的房间，我睡沙发，要么你就离开这里。这是我最后的建议。"

"那好吧，我发现你比我还要固执。你去房间吧，我不需要床。"

"那你，你干吗呢？"

"这又关你什么事？"

"这关我的事，就这样。"

"我呢，待在客厅里。"

"待到明天早上，然后……"

"好的，到明天早上，谢谢你亲切的接待。"

"你不会来房间刺探我吧？"

"既然你不相信我，你只要锁上你的门就行了。还有你不知道，如果这是你赤条条睡觉的缘故，那我告诉你，我早就已经看见过你了！"

"我本来以为你不是个爱偷窥的人。"

她提醒他说刚才在浴室里，她本来不应该是个爱偷窥的人，而应该是个瞎子。他红了红脸，祝她晚安。"好的，晚安阿瑟，做个好梦。"阿瑟走进房间砰的一声关上了门。"这真是个女疯子，"他低声抱怨道，"真是个疯疯癫癫的故事。"他扑到床上。闹钟收音机上绿色的数字显示时间是一点半。他瞧着这些数字一个个跳过去直到两点十一分。他猛地跳起来，套上粗绒羊毛衫和牛仔裤，穿上袜子，然后突然走进客厅。劳伦盘着腿靠着窗台坐着。当他进去时，她没扭头，说道：

"我喜欢这种景色，你不喜欢吗？这是让我情不自禁喜欢这个套间的原因。我喜欢看这座桥，夏天的时候，我喜欢打开窗，聆听大货轮的雾笛。我总是幻想着要数数在它们穿越金门大桥前，有多少浪涛撞碎在它们的船舷上。"

"好，我们去医院。"他跟她这样说，作为唯一的回答。

"真的吗？是什么让你一下子决定了呢？"

"你搅了我一晚，反正都是完蛋，今晚解决这个问题也好。明天我还得干活。午饭的时候我有个重要约会，因此我必须得想办法睡上至少两个小时。我们现在就去那里。你快点好吗？"

"走吧，我就来。"

"你在哪儿和我碰头？"

"我说了，我就来，相信我两分钟好不好。"

他觉得在目前的情形下，他已经给予她太多的信任。在离开房间之前，他又问了一遍她的姓氏。她把自己的姓氏以及住院病房的楼层和号码都告诉了他：五楼505房间。她还说挺好找的，一共只有五个房间。可他却觉得等着他的不会是一件容易的事儿。阿瑟关上身后的房门，下了楼梯，走进停车场。劳伦已经在汽车里，坐在后排。

"我不清楚你是怎么做的，但这很厉害。你一定和胡迪尼一块儿干过！"

"谁？"

"胡迪尼，一位魔术师。"

"你啊，你还真知道他。"

"坐前面来吧，我可没有头盔。"

"请你稍稍有点宽容心好吗？我已经跟你说了我还不能做到很精确，能落在后座已是很不错了，尽管我集中意念想钻进汽车里面，我还是有可能落到发动机罩上的。我可以肯定地对你说我进步得越来越快了。"

劳伦坐到他边上，两人都沉默不语。她瞧着窗外，阿瑟在黑夜中疾驶。他问她到了医院要采取什么样的态度。她建议他假装是她墨西哥的一个表兄，刚刚知道这个消息，开了一天一夜的车来这里，清晨马上要乘飞机赶到英国，六个月以后才能回来。这样，尽管时间很晚了，也有允许他急切要去探望钟爱的表妹的借口。他觉得自己实在不像一个南美人，料想自己的牛皮要吹破。

她发觉他非常消极，便建议说，如果等一会儿还是这样的情况，倒不如明天再去。他不应该担心。他是由于他自己对她的想象而担心。他的萨帕牌汽车驶进医院院区，她让他向右转，然后开上左手第二条小道，并请他把车子紧挨在银松的后面停下。车一停稳，她就把夜间的门铃指给他看，并明确告诉他不要按得过长，她们会恼火的。"谁？"他问道。"那些护士，她们经常要从过道的另一头走过来，她们不可能用意念开门。现在你醒醒……""我是想好好醒醒。"他说。

阿瑟下了车，按了两声短铃。一个戴着玳瑁眼镜的女人走来给他开门。她把门微微打开，问他想干什么。他用编造的故事尽力说服对方，护士告诉他医院有规定，还说既然费心费神定了规定肯定是用来实行的，最后建议他只能推识行期明天再来。

他以所有的规定都会有例外为由恳求她，又说了好多好话，最后总算看见护士动摇了。她瞧瞧手表，对他说："我要到病区去转一圈，跟着我，不要弄出声音，什么都不要碰，十五分钟后你就离开。"他抓起她的手吻了一下，作为答谢。"你们在墨西哥都像这样吗？"她问道，露出一丝微笑。她让他走进屋里，请他跟着。他们走进电梯直接上了五楼。

"我带你去病房，我要去巡查一圈，然后再来找你。你什么都不要碰。"

她推开505的门，房间里半明半暗。一个女人躺在床上，只有一盏彻夜不关的小灯将她照亮，她像是在熟睡。阿瑟从门口辨认不出那张脸的轮廓。护士压低嗓音说：

"我让门开着，进来吧，她不会醒的。但是要当心在她身边说的话，对于昏迷的病人，这说不定会有影响。反正这是医生们说的，要我说则又是另一码事了。"

阿瑟蹑手蹑脚地走进房间。劳伦立在窗边，请他过去："过来，我又不会把你吃了。"他在心里不停地自问来这里干什么。他走近病床朝下望去，发现她俩有着惊人的相似。躺着不动的女人比那个朝着他微笑、与她酷似的人要苍白一些。但除了这个细节之外，她们的相貌完全是一样的。他不由得向后倒退了一步。

"这不可能，你是她的孪生姐妹？"

"你真是让人失望，我没有姐妹。这是我，躺在那里的就是我。帮帮我吧，尽力接受这种令人不能接受的事情吧。这里面没有弄虚作假，你也没睡着。阿瑟，我只有你了，请务必相信我，你不能抛弃我。我需要你的帮助，你是这六个月来唯一能够和我交谈的人，唯一能够感觉到我的存在并且听到我说话的人。"

"为什么是我？"

"我对此也一无所知，这一切并没有丝毫的逻辑联系。"

"'这一切'，实在有点吓人。"

"你以为我就不害怕吗？"

她非常害怕。她看见的是自己的躯体，插着导尿管和维持养料的输液管，躺在床上，像一棵蔬菜一样每天一点一点地枯萎下去。对于他提出的问题，她没有任何答案，而且从事故发生后她自己每天也在自问。

"我的问题你连想都想不到。"她带着忧郁的目光把她的疑惑和恐惧告诉他：这个谜还要延续多久？她能否重新像一个正常的女人那样生活，用自己的两条腿走路，把自己喜爱的人拥抱在怀里，哪怕这样的时间只有短短的数日？如果她最终是如此的结局，当初又何必要花费这么些年去学医？还有几天她的心脏便要停止跳动？她看到自己正在死去，这使她万分害怕。"我是一个幽灵，阿瑟。"他垂下眼睛，避免与她的目光接触。

"要是死去的话，那早就得走了。可你却还在这里。来吧，我们回家，我累了，你也一样。我带你回去。"

他伸出胳膊挽住她的肩膀，紧紧地搂着，就像是为了安慰她一样。他转过身来，刚好和护士打了个照面，护士惊讶地盯着他看。

"你有点抽筋吗？"

"没有啊，怎么啦？"

"你的胳膊举在那儿，手指弯曲着，难道不是抽筋吗？"

阿瑟猛地松开劳伦的肩膀，把胳膊缩回到身边放直。

"你看不见她，嗯？"他问护士。

"我看不见谁？"

"没有谁！"

"你走以前是否要休息一下？你好像一下子变得很奇怪。"

护士想让他振作起来，遇到这样的事，是会造成精神上的创伤的。

"这是正常的，这会过去的。"阿瑟非常缓慢地回答着，仿佛忘掉了字眼又在重新找寻似的，"没关系，一切都正常，我要走了。"护士担心他是否能找到归路。阿瑟清醒过来，他让她放心，出口在过道的尽头。

"那么我就不送你了，我在隔壁的病房还有事，我得去换床单，出了点小事。"

阿瑟向她道别，走进过道。护士瞧见他又把手臂向水平方向举起，嘴里还喃喃地说："我相信你，劳伦，我相信你。"她皱了皱眉头，转身走进隔壁的房间。"唉！是有这样的人，这种事会让他们的心灵受到震撼，这是无可非议的。"他俩冲进电梯。阿瑟低着眼睛，一声不吭，她也一句话不说。他们离开医院。一阵北风猛烈地吹入海湾，带来细细又扎人的雨丝，天气冷极了。他拉起大衣的领子遮住脖子，然后给劳伦打开车门。"你稍微冷静一些，不要做穿墙越壁的事情，按常规办事，请吧！"她像常人一样坐进了汽车，向他笑了笑。

归途中两个人谁也没说一句话。阿瑟专心注视着道路，劳伦透过窗口瞧着天上的云。一直到了家门口她才开始说话，两眼依旧没有离开天空：

"我是这么喜欢夜晚，喜欢它的安静，它那没有阴影的轮廓，还有人们在白天撞不上的月光。仿佛是两个世界在瓜分这个城市，它们彼此不相识，根本意识不到对方的存在。许多人黄昏时还出现在医院里，黎明就消失了。人们不知道他们去了哪儿。只有我们在医院里的人才了解他们。"

"不管怎样，这是件荒诞的事情。承认这点吧。要接受这事还真不容易。"

"对，不过我们总也不会就此把车停在这里，整个夜晚都唠叨个没完吧。"

"反正我这晚上也没剩多少时间了！"

"你停车吧，我在上面等你。"

阿瑟把车停放在房子外面，以免车库门的声音会吵醒邻居。他爬上楼梯走进房门。劳伦已经盘腿坐在客厅的中间。

"你刚才瞄准的是长沙发吧？"他逗乐地问她。

"不，我瞄准的是地毯，我刚好坐在上面。"

"撒谎，我敢肯定你瞄准的是长沙发。"

"但我却要跟你说我瞄准的是地毯！"

"你真是个死不服理的人。"

"我本想给你沏杯茶，但是……你得去睡了，你剩下的休息时间不多了。"

他向她询问事故的情形。她告诉他那辆她所钟爱的凯旋车，这个"英国老女人"的任性无常，跟他说起去年夏初去卡麦尔的那个最终在联合广场结束的周末。她不知道当时发生了什么事。

"那么你的男朋友呢？"

"什么，我的男朋友？"

"你出门去找他是吗？"

"请你重新把问题组织一下，"劳伦微笑着说，"你的问题是：'你有过男朋友吗？'"

"你有过男朋友吗？"阿瑟重复道。

"谢谢你使用了过去时态，有过。"

"你没有回答我的问题。"

"这关你的事吗？"

"不。总之我也不知道为什么要管这种事。"

阿瑟转过身朝卧室走去。他让劳伦去床上休息，而他可以在客厅里歇息。她感谢他的殷勤有礼，但是她在长沙发上很好。他要去睡了，他实在太累，没法思考今天晚上所有这一切事情的含义，他们明天再重新谈论吧。关门前他祝她晚安，她提出最后一个请求："你愿意亲一下我的脸吗？"阿瑟低下头，面带疑问的神色。"你这个样子像个十岁的小男孩，我只是请你亲一下我的脸颊。已经有六个月没人拥抱我了。"他走回客厅，走近她，抱着她的双肩，亲了亲她两边的脸颊。她把头依偎在他的胸脯上。阿瑟感到自己很笨拙，不知所措。他笨手笨脚地搂抱起她那细腰。她的脸蛋滑落到他的肩上。

"谢谢，阿瑟，谢谢所有的这一切。现在你去睡吧，你都要筋疲力尽了。我待会儿把你喊醒。"

他走进卧室，脱掉羊毛衫和衬衫，把长裤丢到椅子上，然后钻进羽绒被里，几分钟就睡着了。当他睡熟后，留在客厅内的劳伦闭起双眼，全神贯注，然后以一种暂时的稳定落在床对面的安乐椅的扶手上。她望着他沉睡。阿瑟的脸很安详，她甚至发现他嘴角透露出一丝微笑。她久久地看着他，直到最后瞌睡将她制伏。在事故发生后，这是她第一次睡着。

当她醒来时，已经是早上十点钟了，他依旧睡得很沉。"嗨，"她大叫起来，坐到床边拼命地摇他，"你醒醒，很晚了。"他翻过身来低声嘟哝：

"卡萝尔·安，别这么用力。"

"可爱，太可爱了。该醒醒了，这不是卡萝尔·安，已经十点零五分了。"

阿瑟先是微微睁开眼睛，然后一下子睁大双眼，猛地坐在床上。

"这会比较让人失望吗？"她问道。

"你在这儿，昨晚的事不是一个梦？"

"你本来可以不提这个问题，它是在预料中的。你得快点，十点已经过了。"

"什么？"他大叫起来，"你早该喊我的。"

"我又不聋，卡萝尔·安聋吗？很抱歉，我睡着了，自住院后从来没有过这样的事。我本来希望和你庆祝一下这件事，但我发现你没有这个性情，你准备去吧。"

"喂，没必要用这种挖苦的腔调说话。你搅了我一夜，现在一大早又接着吵，请你行行好吧！"

"你在早上真是太可爱了，不过我更喜欢你睡着时的模样。"

"你这是在和我吵架吗？"

"别再做梦了，快穿衣服吧，要不又是我的错了。"

"当然是你的错，你要是出去，那就太好了，因为我在被子里没穿衣服。"

"你现在害臊了？"

他求她不要在他刚一醒来的时候就和他吵架，最后可怜巴巴地说："因为否则……""否则，这本来就是多余的词儿！"她针锋相对地答道。她用酸酸的腔调祝他一天顺利，随后便突然消失了。阿瑟瞧瞧四周，犹豫了一会儿，然后喊道："劳伦？别再闹了，我知道你在这儿。但你的脾气真的是糟糕。好了，出来吧，这样真蠢。"他站在客厅中间，一丝不挂，在那里指手画脚的。他的目光刚好与对面邻居的眼光相遇，那人正透过窗户十分惊讶地望着这幕场景。他赶忙跳到长沙发上，抓起一条格子花呢长巾，缠在腰间，然后向浴室走去，嘴里咕咕哝哝地说："我一丝不挂，站在客厅中间，从来没有这么迟过，而我又是一个人在自言自语。这个荒诞的故事究竟是怎么回事！"

在走进浴室时，他打开壁橱的门，轻轻问道："劳伦，你在这儿吗？"没有任何回答，他感到失望。于是他飞快冲了个澡。他走出浴室，跑进房间，把之前在壁橱的那一幕又演了一遍，还是没有任何反应。他穿上套装上衣，却打了三四回领带，他咒骂道："今天早上我这两只手真笨！"他穿好衣服，来到厨房，将吧台搜了个遍，寻找他的钥匙，结果钥匙却在口袋里。他急匆匆走出房间，又一下子停住脚步，转身重新把门打开："劳伦，你还是不在这儿吗？"几秒钟的寂静，他又用钥匙转了两圈把门锁上，从里面的楼梯直接下到停车场。他到处寻找自己的车，突然想起自己把车停在了外面。他重又跑步穿过走廊，最终来到街上。他抬起双眼，又瞧见他的邻居正大惑不解地注视着他。他向那人尴尬地一笑，笨手笨脚地将钥匙插进车门锁眼，钻进汽车握住方向盘，将车像龙卷风一般开走。当他赶到办公楼时，他的合伙人已经在大厅里。保罗看见他，不停地摇头，然后撇撇嘴跟阿瑟说：

"你也许应该去度几天假。"

"保罗，克制一下你自己吧，今天早上你别跟我扯淡。"

"真可爱，你真是太可爱了。"

"你不会也来扯淡吧？"

"你又见过卡萝尔·安了吗？"

"没有，我没有再见她。我跟她已经了结了，这你很清楚。"

"你之所以处于这样的状况，那只有两种解释：要么因为卡萝尔·安，要么另有一个女人。"

"没有，没有什么女人。你走开，我已经够迟了。"

"不迟，不开玩笑，十一点还差一刻。她叫什么？"

"谁？"

"你瞧过自己的脸了吗？"

"我的脸又怎么啦？"

"你大概是在坦克车里过了一夜，告诉我吧！"

"无可奉告。"

"那么你夜里的电话，还有电话里你的疯疯癫癫，那是怎么回事？"

阿瑟盯着他的合伙人。

"你听我说，昨晚我胡乱吃了一些乱七八糟的东西，夜里做了场噩梦，几乎没有睡。求求你了，我心情不好，让我过去，我真的迟到了。"

保罗让到一边去。当阿瑟从他面前经过时，他拍拍他的肩膀："我是你的朋友，对不对？"阿瑟掉过头来，他接着又说：

"如果你有什么麻烦，你会跟我说的吧？"

"但你究竟怎么啦？我昨晚没睡好，就这么回事，不要无事生非。"

"好，好。仪式的时间是一点钟，我们在依阿特·昂巴卡特罗饭店楼上见他们。如果你愿意，我们一起去，然后我再回办公室。"

"不必了，我坐自己的车，过后我还有个约会。"

"你愿意咋办就咋办！"

阿瑟走进自己的办公室，放下皮包，坐了下来。他喊来女助理，向她要杯咖啡，然后转动椅子，让自己面朝窗外的景色。他把头向后仰着，陷入了沉思。

不一会儿，莫琳娜来敲门，她一只手拿着文件夹，另一只手抓着杯子，杯盏上稳稳地放着一块煎饼。她把烫手的咖啡放在桌子的一角。

"我给你加了点牛奶，我猜想这是你早上的第一杯咖啡。"

"谢谢。莫琳娜，我的脸看上去怎么样？"

"一副'我还没喝过早上第一杯咖啡'的样子。"

"我还没喝过早上第一杯咖啡！"

"你有一些信件。你先好好地用早点吧，没有什么要紧的事，我把要签署的信件留下。你身体好吗？"

"很好，我只是很累。"

就在这个时候，劳伦出现在办公室里，差点撞到办公桌的桌角上。她很快就在阿瑟的视野中消失，重新落到地毯上。他一下子站了起来：

"你弄疼了吗？"

"没有，没有，没事。"劳伦说。

"为什么我把自己弄疼了？"莫琳娜问。

"不，不是你。"阿瑟答道。

莫琳娜用眼光把房间扫了一遍。

"这儿只有我们两个人。"

"我刚才是一边想着事一边自言自语。"

"你在想着我弄疼了自己而自言自语？"

"不是，我想着其他的人，然后我自言自语地说了出来，你从未遇到这样的事吗？"

劳伦坐在桌子的一角，双脚交叉着，她决定跟阿瑟打个招呼，责令他做出解释。

"你不必非得把我跟一个噩梦做比较！"她说道。

"但我没有把你称作噩梦啊。"

"好哇，这下子可全了，你会找到噩梦来为你准备咖啡的。"莫琳娜答道。

"莫琳娜，我不是和你说话！"

"要么这房间里有一个鬼魂，要么我成了半个盲人，有什么东西我没看见？"

"对不起，莫琳娜，这很可笑，我很可笑，我精疲力竭，自言自语，我稀里糊涂的。"

　　莫琳娜问他是否听说过劳累过度抑郁症？"你知道你应该对最初的症状做出反应，否则过后便要花好几个月的时间来康复了。"

　　"莫琳娜，我没得劳累过度抑郁症，我只是过了一个糟糕的夜晚，就这样。"

　　劳伦接话道：

　　"啊！你瞧瞧，糟糕的夜晚，噩梦……"

　　"请别说了好不好，这简直让人受不了，给我一分钟吧。"

　　"可我什么都没说。"莫琳娜惊叫起来。

　　"莫琳娜，请让我一个人待着，我得集中一下精神，要稍微放松一下，一切都会好的。"

　　"你要放松一下？你让我担心，阿瑟，你真让我担心。"

　　"没关系，一切都很好。"

　　他请她让他独自待着，不要转接给他任何电话，他需要休息。莫琳娜不情愿地走出办公室，关上了门。在走廊里她遇到保罗，她请求单独和他谈谈。

　　办公室里只剩下阿瑟一个人，他两眼直盯着劳伦。

　　"你不可以这样突然出现，你会让我很尴尬的。"

　　"我本想来为今天的事道歉，你真是有点难说话。"

　　"该道歉的是我，我当时的情绪真是坏极了。"

　　"我们不要互相道歉来打发这个早上，我想跟你谈谈。"

　　保罗没敲门走了进来。

"我能跟你说句话吗？"

"你不是正在说嘛。"

"我刚刚和莫琳娜谈过，你怎么啦？"

"你走开，让我安静点好不好，不要因为我迟到了一回，身体疲劳，就立即宣称我得了抑郁症。"

"我没说你得了抑郁症。"

"你不说，但莫琳娜却向我暗示了这一点，好像今天早上我长了个让人引起幻觉的脑袋。"

"不是'引起幻觉'，是'有幻觉'。"

"我有幻觉，我的朋友。"

"为什么会这样？你遇见某个人了吗？"

阿瑟张开双臂，点点头表示同意，一副会意调皮的眼神。

"啊，你瞧，你什么都不可能对我隐瞒，我早就肯定。我认识她吗？"

"不认识，这是不可能的。"

"能告诉我吗？她是谁？我什么时候能见她？"

"这很复杂，这是一个幽灵。我住的房间闹鬼了，我昨夜偶然发现了这件事。这是一个女鬼魂，她住在我浴室的壁橱里。我昨夜一直和她在一块儿，但善意地说，她在鬼魂这类东西中是非常漂亮的，不是……（他模仿了一个怪物）……真的不是，她是一个非常漂亮的鬼魂。另外，事实上她也不是个鬼魂，她属于弥留病人这一类，因为她并没有完全离世，这就解释了昨夜那件事。现在这一切你清楚了吗？"

保罗同情地注视着他的朋友：

"好的，我带你去看医生。"

"别这样，保罗，我没病。"他又向劳伦说道，"这事会很难弄。"

"什么会很难弄？"保罗问。

"我没跟你说话。"

"那你在跟鬼魂说话喽，他在办公室里吗？"

阿瑟重新提醒他这是个女幽灵，并说她就坐在他身边的办公桌的角落上。保罗疑惑地瞧着他，然后把手掌平放在阿瑟的桌上慢慢摸过去。

"你听我说，我知道我经常让你上我恶作剧的当。但这件事，阿瑟，你让我害怕，今天早上你没有瞧瞧你自己，你可是一副毒气中毒的样子。"

"我累了，我几乎没睡，脸色肯定很难看，但我头脑非常清醒。我向你保证一切都很好。"

"你头脑清醒吗？可你的外表看上去糟透了，你的身体又怎么样呢？"

"保罗，让我干活吧，你是我的朋友，不是我的精神病医生，再说我也没精神病。我并不需要医生。"

保罗请他别去参加待会儿的签约仪式，他会砸掉这笔买卖的。"我想你对于自己的情况不是很清楚，你真让人担心。"阿瑟很生气，他站起来，抓起皮包向门口走去。

"好的，我让人害怕，我的脑袋迷迷糊糊有幻觉，那么我就回家。走开，让我出去。你过来，劳伦，我们回家！"

"你真是位天才，阿瑟，你的马戏节目真是绝得让人不敢相信。"

"我没演节目，保罗，你的脑子太……怎么说呢，太传统，不能想象我所看见的东西。但你放心，我不会和你过不去的，自从昨晚以来，我自身已经发生了很大的变化。"

"不管怎样，你听听你自己说些什么呀，这真让人不敢相信！"

"是的，你已经说过了。听我说，你什么都不用担心。既然你提议独自去签约，这很好。我真的几乎没睡，我要去休息。谢谢你，我明天回来上班，一切都会好得多的。"

保罗请他休几天假，至少休到周末——迁个新居，总是累人的。周末无论他需要什么，他都会帮他忙的。阿瑟用反话感谢他，离开办公室，奔下楼梯。他走出大楼，在人行道上寻找劳伦。

"你在这儿吗？"

劳伦出现了，她坐在汽车发动机的罩盖上。

"我给你添了很多麻烦，真是非常抱歉。"

"不，不必这样。无论如何，我已经很久没这么做了。"

"怎么做？"

"逃学。整个白天都和灌木先生在一起！"

保罗站在窗前，蹙着额头，瞧着自己的合伙人在街上自言自语，毫无理由地拉开乘客一侧的车门，又马上关上，绕过车头，然后坐到司机位上。他确信他最好的朋友要么得了劳累过度抑郁症，要么就是脑子出了毛病。阿瑟坐在驾驶座上，两手放在方向盘上叹了口气。他的目光盯着劳伦，默默地微笑着。她感到有点窘，也对他报以微笑。

"被人家当作疯子真让人难以忍受，是不是？好在他还没有像妓女那样骂你！"

"为什么？我的解释难道含混不清吗？"

"不，一点也不含糊。我们去哪儿？"

"去饱餐一顿，然后你把一切细细地告诉我。"

保罗继续透过他办公室的窗户监视着停在楼下大门前汽车里的朋友。当他看到阿瑟在车里自言自语，和一个看不见的、想象出来的人讲话时，他决定拨打阿瑟的手机。阿瑟一拿起电话，保罗就请他不要开走，他马上下来，他必须跟他谈谈。

"谈什么？"阿瑟问道。

"我下楼来告诉你！"

保罗奔下楼梯，穿过院子，跑到萨帕轿车跟前，打开司机一侧的车门，几乎坐到他最好的朋友的大腿上：

"过去点！"

"见鬼，你不可以从另一边上车吗！"

"如果我来开车不会打扰你吧？"

"我搞不懂。来吧，换个座位！"

保罗推开阿瑟，坐到驾驶座上，他扭动车钥匙，敞篷轿车驶离了停车场。到了第一个十字路口，他突然把车刹住。

"只问一个先决问题：你的幽灵现在和我们一起待在车里吗？"

"对，她坐在后排，看见你鲁莽地钻进汽车里。"

保罗打开车门，走下汽车，跟阿瑟说道："行行好，请你的卡斯帕❶夫人下车离开我们。我需要单独与你进行一次私下的交谈。你们可以在你家再见面！"

劳伦出现在前排车门的窗子外边。

"我在北角湾等你，"她说，"我去那儿散散步。你知道，如果这太麻烦的话，你不一定要和他说真话，我不想让你陷入尴尬的处境！"

"他是我的合伙人，又是我的朋友，我不能跟他撒谎。"

"你是在和杂物箱说我呢！"保罗接口说，"我呢，你瞧，昨晚我打开冰箱，我看见了光线，我钻了进去，而且我和黄油和色拉谈了你半个小时。"

"我不是跟杂物箱在说你，而是跟她！"

"那么好吧，你请卡斯帕夫人去熨她的床单，让我们可以互相交谈一下！"

她消失了。

"他走了？"保罗有点烦躁地问道。

"是她，不是他！是的，她不在这儿了，你这样粗鲁！好了，你要玩什么把戏？"

"我玩什么把戏？"保罗愤愤然地反问。

他重新开动汽车。

"我没玩什么把戏，我只是更喜欢我俩在一起，我想跟你谈点

❶华纳兄弟影片公司动画片中的一个可爱的幽灵角色。

私事。"

"什么私事？"

"在失恋好几个月之后，有时会出现的副作用。"

保罗滔滔不绝，说个不停。卡萝尔·安不是他阿瑟生命中的女人，他想，她无缘无故带给阿瑟许多痛苦，她根本不值得他爱。总之这个女人是个有幸福残缺的人。他真诚地说，在他们分手之后，她便不值得使阿瑟处于那种境地了。自凯琳娜之后，他从未像这样被毁过。凯琳娜，他明白，但坦率地说，卡萝尔·安……

阿瑟提醒他，在和凯琳娜这个少见的女人交往的那段时期，他们都才十九岁，而且他从未跟她调过情。事隔二十年后保罗重又提起她，只因为是他先见到她！保罗马上否认自己提起过她。"至少每年两三次！"阿瑟反驳道。保罗扑哧一声。"她从记忆的匣子里钻出来了，我甚至都没能回想起她脸的模样！"保罗开始用手比画，一下子变得烦躁起来。

"但是这件事你为什么从来不想跟我说实话？真该死，你承认吧，你和她一起出去开心过。既然这事如你所说已经有二十年了，现在已经失去时效性了！"

"你真是跟我扯淡，保罗，你跑出办公室赶下楼梯，我们又正在开车穿过城市，不是因为你突然想要和我谈谈凯琳娜·洛温斯基吧！还有，我们要去哪儿？"

"你想不起她的脸，但是无论如何你还没忘掉她的姓！"

"这就是你那件非常重要的事情吗？"

"不是，我要和你谈谈卡萝尔·安。"

"你为什么要跟我谈她？从今天早上起这是第三次了。我没见过她，我们也没通过电话。如果你因为这件事而忧虑不安的话，就没必要用我的车把我们开到洛杉矶来，我们这不已经穿过港口，到了南区市场了吗？发生了什么事，她请你吃饭了？"

"你能想象我愿意和卡萝尔·安共进晚餐？自从你们待在一块儿我便很难请她吃饭了，而且每次吃饭你都在。"

"那么究竟是怎么回事，为什么要让我穿过半个城市？"

"什么都不为，为了跟你谈谈，为了让你跟我谈谈。"

"谈什么？"

"谈你！"

保罗拐向左边的道，把萨帕车开进了一幢墙面贴满白色瓷砖的五层大楼的停车场。

"保罗，我知道这会让你觉得不可思议，但我确确实实遇到了一个幽灵！"

"阿瑟，我知道这会让你觉得不可思议，但我确确实实是带你来做一次全身检查！"

阿瑟一直瞧着他的朋友，这时他突然掉过头，盯住楼房正面的墙壁：

"你把我带到医院来了？你不是开玩笑吧？你不相信我？"

"不，我相信你！但当你做了扫描后，我会更加相信你。"

"你想让我做一次扫描？"

"好好听我说，瘦高个！如果某一天我来上班时，脑袋像一个被夹在自动扶梯里有一个月的家伙一样，我好端端地待着，却又一下子怒气冲天地走出门去，你从窗口看见我走在人行道上，双臂举在半空中，与地面呈九十度直角，然后为一个不存在的人打开车门，而且对所造成的影响不满，继续在车里指手画脚地说话，就像是在和某个人说话一样，但却没有人，真的是空无一人，那么，我对你做的唯一解释就是我刚才碰到了一个幽灵，我希望你也会像我现在为你担忧一样，同样为我担忧。"

阿瑟微微一笑。

"当我在壁橱里碰见她时，我还以为是你跟我开的一个玩笑。"

"你跟我来，现在你去让我放下心来！"

阿瑟由他拽着胳膊，一直被拖到诊所的接待大厅。接待小姐用目光尾随着他俩。保罗让阿瑟坐在一把椅子上，命令他不要走动。他对阿瑟的行为就像大人对待一个不大听话、时刻可能溜出他的视野的小孩一样。然后他来到接待柜台招呼那个年轻女人，一字一顿地强调说："是个急诊！"

"哪种类型？"她语气生硬地问道，态度显得颇不客气，因为保罗所用的口气清楚地表明了他的恼火和不耐烦。

"坐在那边椅子上的那种类型！"

"不，我问你是哪种性质的急诊？"

"脑颅创伤！"

"怎么引起的？"

"爱情是盲人，而他却把时间都花在让自己的脑袋挨盲人白色拐杖的敲打上，于是经过努力，终于以伤害了自己的脑袋而告终！"

她觉得这一番回答很滑稽，却又不能确定已经明白了其中的含义。既无预约又无医生的处方，她对此无能为力，她为此非常抱歉！"请稍等会儿再说抱歉！"当他说完后她会抱歉的，他说道，并用一种专横的口气问这个诊所是不是布莱斯尼克大夫开的？接待小姐点点头。他用同样激烈的口气告诉她，他的建筑事务所的六十位同事每年都要来这里做年度身体检查，女同事会来生小孩、带孩子来接种疫苗，或者看伤风感冒、咽喉炎和其他乱七八糟的毛病。

他连气都没换又接着说，所有这些可爱的病人，同时也是这家医院的顾客，都是由她对面这个狂怒的人所领导，而且同样也是坐在对面椅子上那位神情慌乱的先生的下属。

"怎么样，小姐，要么那个布莱斯什么的医生马上给我的合伙人看病，要么我向你保证，我的下属中不会再有一个人来踏你们这家豪华诊所的擦鞋垫，甚至不会有人来这儿包扎伤口！"

一小时后，阿瑟在保罗的陪伴下开始全身的系列检查。先是做动态心电图（医生在他的胸部贴上许多电极片，让他在固定在室内的自行车上踩二十分钟），接着抽血化验（保罗此时不能留在化验室）。然后，一位医生为他做了一系列神经病学的测试（医生让他抬起一条腿，眼睛睁开、闭上，又用一个小锤敲他的肘、膝和下巴，甚至还用一根针去刮他的脚掌）。最后在保罗的压力下，医生同意为阿瑟做CT扫描。检查室用大玻璃墙隔成两半。一个半间庄严地摆放着圆筒形的机器，它的中间是掏空的，这样，病人的整个身体都能被纳入其中（正因如此人们经常将它比喻为巨大的石棺）；另一个半间是操纵室，里面摆满了控制台和用粗大黑色电缆束连接的控制器。阿瑟平躺着，脑袋和腰部都被束缚在铺着白色床单的狭窄的平台上，大夫摁了一个按钮把他慢慢地送入机器内部。他的皮肤和机器圆筒内壁之间的空隙只有几厘米，他丝毫动弹不得。医生曾警告他说也许会有幽闭恐惧症的极度感觉。

在这一检查过程中阿瑟都是独自一人，但是他可以随时与坐在玻璃墙另一边的保罗或者医生交谈，因为他被困的"洞穴"里有两只喇叭。其他人在操纵室里可以与他谈话，而他只要按住医生塞进他手里的一个小小的塑料梨形物，便可开启麦克风说话。门又被关上，机器开始发出持续不断的撞击声。"他要经受的那些滋味不好受吧？"保罗开心地问道。

医生回答说这滋味相当不舒服。许多有幽闭恐惧症的病人受不了这种检查而只能半途终止：

"肉体上并不痛苦，但是这种幽闭和声音使人无法忍受。"

"我们可以跟他说话吗？"保罗接着问道。

他摁下身边的黄色按钮，便可以与他的朋友交谈。医生明确指出最好等扫描器不发声时再通话，否则阿瑟答话时，下颌的活动会使得底片模糊。

"在那上面你瞧见他脑子内部了吗？"

"是啊。"

"我们可能发现什么？"

"任何反常的形态，譬如，动脉瘤……"

电话铃响起，大夫拿起听筒。说了几句话后，他请保罗原谅，他必须离开一会儿。他请他什么都不要动，一切都是自动的，他过几分钟就回来。

医生离开控制室后，保罗透过玻璃瞧着他的朋友，一丝奇怪的微笑爬上他的嘴角。他的眼睛移到麦克风那个黄色按钮上。他犹豫了一会儿然后摁了下去：

"阿瑟，是我！医生有事走开了。但你不用担心，我在这里，监视机器正常运转。这边有这么多的按钮真让人不可思议，就像是在飞机的驾驶舱里。而开飞机的正是我，驾驶员已经跳伞跑了！我说，老兄，你现在可以告诉我有关情况了吗？怎么样，凯琳娜，你没跟她一块儿出去，但你还是跟她上床了，是不是？"

当他们离开诊所走向停车场时，阿瑟的胳膊下夹着十几个牛皮纸信封，里面装着一切完全正常的检查报告。

"现在你相信我了吧？"阿瑟问。

"你把我带到办公楼，然后按已经讲好的那样，你回家休息吧。"

"你回避了我的问题。现在你已知道我脑子里没有长瘤，你相信我了吧？"

"你听我说，回去休息，所有这些都可能来自过度劳累后的发作。"

"保罗，我是严格地按你的医学检查规则办事的，你也得按规则办事！"

"我不能肯定你的规则是否让我感到有趣！我们以后再谈，我得直接赶去签约的地方，我去搭出租车。下午晚些时候我再给你打电话。"

保罗把他单独一人留在萨帕车里。阿瑟离开停车场驶向北角湾。从他内心深处,阿瑟开始喜欢这个故事,喜欢它的女主角以及因她而不断造成的奇特情况。

这家接待游人的餐馆构筑在海边的悬崖峭壁上,俯瞰着太平洋。大厅里几乎坐满了人,吧台上面有两台电视机,正在向客人们播放两场棒球比赛的实况。越来越多的人在拿比赛输赢打赌,这些打赌的人都坐在大玻璃窗后面的桌子周围。

阿瑟正要点一瓶法国波尔多的赤霞珠葡萄酒,这时,他突然一阵战栗,惊奇地发现劳伦正在用她的裸足抚摸着他,嘴角露出胜利的微笑,两眼闪着狡黠的目光。他感觉受到了挑逗,便用手抓住她的脚踝,顺着她的大腿往上摸:

"我也感觉到你了!"

"我刚才想证实一下。"

"你得到了证实。"

正在点单的服务小姐不解地噘噘嘴问道:

"你感觉到什么?"

"没什么,我什么都没感觉到。"

"你刚刚还跟我说,'我也感觉到你了!'"

劳伦露出灿烂的微笑,阿瑟向她说道:

"这是很容易的，像这样我会被当作疯子关起来。"

"这样也许更好些。"服务小姐答道，耸耸肩转过身去。

"我能点菜吗？"他大叫起来。

"我让鲍勃来点，看看你是否也会感觉到他。"

几分钟后鲍勃来到阿瑟跟前，他几乎比他的女同事更加女性化。阿瑟要了一份鲑鱼炒鸡蛋，另加一杯调味的番茄汁。这回他等着服务生走开，以便问问劳伦这六个月来的寂寞和孤独。鲍勃站在大厅的中间，难受地瞧着阿瑟独自一人说着话。交谈刚开始，她就在一句话的中间打断他，问他是否带了手机。他看不出其中的关系，点点头表示带了。"打开手机，装作打电话的样子，否则他们真的要把你给关起来。"阿瑟转过脸去，发现好几桌客人的目光都瞪着他，有几个正在吃午餐的人几乎被这个讲话无的放矢的人打搅了。他拿起手机，装模作样地按了一个电话号码，然后高声叫了声"喂"。那些人继续盯了他几秒钟，而后情况又变得差不多正常了，他们又开始用餐。他拿着手机向劳伦提问。她说变成透明的最初的那段日子，她自己开心不已。她向他描述了这种历险之初所体验到的绝对自由的感觉。对于自己的穿戴、发型、脸的模样、身材线条，根本不必再做任何考虑，没有人会再看你。不再有义务，不再有框框，也不再需要排队，可以走到大家前面又不会妨碍任何人，没有人会再根据你的举止来评判你。用不着再装作谨慎小心，可以倾听别人的谈话，看见瞧不见的事物，听见听不见的声音，置身于无权出现的地方，没有人会看见你或听见你。

"我可以置身于白宫椭圆办公室的一角，倾听所有的国家机密；坐在理查·基尔的膝盖上或者和汤姆·克鲁斯❶一起冲淋浴。"

所有或几乎所有的一切对她都成为可能。博物馆关门后照样可以进去参观，不用付钱便可以进电影院，还可以睡在豪华大旅馆里，登上战斗机，参加最精细复杂的外科手术，秘密地访问研究实验室，在金门大桥的桥墩顶端行走。阿瑟把手机贴在耳朵上，他突发奇想，想知道她是否至少有过其中的一次经历。

"没有，我有高空晕眩症，我厌恶飞机；华盛顿太远，我不知道如何让自己去这么遥远的地方；昨晚是我第一次睡着，所以那些豪华的大旅馆对于我毫无用处；至于那些商店，要是什么东西都触摸不到，它们又有什么用呢？"

"那么理查·基尔和汤姆·克鲁斯呢？"

"他们就像那些商店一样！"

她非常真诚地告诉他做一个幽灵一点都不好玩。她觉得那更多的是让人感动。一切都可以接近，但一切又都不可能。她想念她所爱的那些人。她无法再跟他们接触。"我不再存在。我可以看见他们，但这给我带来的痛苦要多于幸福。也许这就是炼狱，一种永恒的孤独。"

"你相信上帝吗？"

"不，但处于我这个环境，人就会有点这样的倾向：把相信的和不相信的东西重新加以考虑。过去我也不信鬼魂。"

"我也不信。"他说。

❶两人都是美国著名电影男演员。

"你不信鬼魂吗？"

"你不是一个鬼魂。"

"你这样认为？"

"你没有死，劳伦，你的心在某个地方跳动，你的灵魂在别处活着。这两者只是暂时分离，就是这样。必须寻找一下是什么原因，以及如何将它们重新结合到一块儿。"

"你要注意到，即使从这个角度看，这依然是一个后果非常严重的分离。"

这是一个在他的理解范畴之外的现象，但是他不打算就此止步。他依旧握着电话，坚持自己要搞明白这一切，而且必须寻求并且发现使她重回肉体的办法，必须让她脱离昏迷，这两个现象是互相联系的，他补充道。

"对不起，但是从这点上，我相信你在寻求中已迈出了一大步！"

他没理会她的挖苦，而是向她提议回家，在网上开始一系列的查询。他想统计所有与昏迷有关的东西：科学研究、医学报告、书目、故事、证词，尤其是那些有关病人在长期昏迷后重又醒过来的资料。"我们得找到这些人，去问问他们。他们的证词可能是非常重要的。"

"你为什么要这样做？"

"因为我别无选择。"

"请回答我的问题。你知道一旦介入此事，你要花费多少时间吗？你有你自己的工作和职责。"

"你是个非常矛盾的女人。"

"不，我很清楚。你没发觉大家都对你侧目而视，因为你独自和饭桌说了十分钟的话。你得知道，等你下次来这家餐馆时，他们就会对你说客满了；因为人们不喜欢异类，一个家伙独自一人用餐时指手画脚地高声说话，不是会打扰其他人吗？"

"这城里有一千多家餐馆，我大有选择的余地。"

"阿瑟，你是个可爱的人，一个真正可爱的人，但你缺乏现实感。"

"说到缺乏现实感，我无意伤害你。我想在目前情形下你比我有过之而无不及。"

"别玩文字游戏，阿瑟。不要轻率地和我许诺，你永远都不可能解决这样一个谜。"

"我从来不做空头许诺，还有，我也不是个可爱的人！"

"别让我有徒然的希望，你完全没有时间。"

"我不喜欢在餐馆里这样做，但既然你硬逼我，对不起，请稍等片刻。"

阿瑟装作挂上电话，他的目光盯着她，然后开始，拨打他的合伙人的号码，感谢他上午为他所牺牲的时间，感谢他的关心。阿瑟用几句劝慰的话让他放心，同时又说实际上他真的快要因过度劳累而发病了，为了公司也为了保罗，他最好休息几天。阿瑟还向他通报了手头有关材料的一些主要信息，并告诉他，莫琳娜将随时听从他的吩咐。阿瑟说自己太累了，什么地方也去不了，不管怎样，他反正待在家里，有事可以打电话找他。

"好了，从现在开始，我从职业的责任中解放出来了，我向你建议，我们立即开始寻找。"

"我不知道该说什么。"

"你可以用你的医学知识帮助我开始。"

鲍勃拿来账单，默默凝视着阿瑟。阿瑟睁大双眼，模仿了一个吓人的动作，舌头伸得老长，然后一下子站了起来。鲍勃往后倒退了一步。

"我本来以为你们这儿的菜还会更好些的，鲍勃，我非常失望。来吧，劳伦，这地方下回不值得再来了。"

在回家的车子里，阿瑟和劳伦讲了他打算实施的调查研究的方法。他们彼此交换了观点，对下一步的行动计划有了一致的意见。

某种隐约的幸福

时间在星期日懒洋洋的节奏中一分一秒地过去。太阳与阵雨玩着捉迷藏。他俩几乎没有说什么话。她不时盯着他看，问他是否肯定会继续下去，他不再回答这个问题。

　　回到家里，阿瑟就坐到工作台的前，打开电脑开始上网。信息高速公路使他得以立刻进入跟主题有关的某些数据库。他在搜索功能的软件中输入了一个请求的命令，在出现的对话框中只简单地打了"昏迷"两个字，网页马上就提供了好几个有关这一主题的书刊、证词、报告和谈话的网址。劳伦走过来靠在桌子的角落上。

　　起初他们和纪念医院的服务器相连，在神经病理学和大脑创伤学栏目下寻找。西尔维斯通教授有关头颅创伤的一篇近作，使他们得以根据格拉斯哥标度确定昏迷的不同分类：三个数字代表了对视觉、听觉和触觉刺激的反应。劳伦属于的类别为1.1.2。这三个数字相加确定了这是一个四类昏迷，换种说法就是"深度昏迷"。一个服务器将他们送往另一个信息库，那里有每一类昏迷病人病情发展的详细分析统计表，没有一个人从"四类昏迷"之旅重返人间……曲线、剖面投影、图形、综合报告、书目全都下载到阿瑟的电脑里，然后打印出来。总共有近七百页由不同的中心归类、选择并编目的信息。

　　阿瑟点了一份意大利馅饼和两瓶啤酒，然后喊道剩下的就是阅读了。劳伦又一次问他为什么要做这些事。他答道："出于对某个人的责任，这个人在极短的时间内教会我许多事情，尤其是一件事：幸福的滋味。你知道，所有的梦想都有代价！"接着他又重新开始阅读，在他不明白的地方加注，也就是说几乎在所有的地方都加了注。随着工作的进展，劳伦为他解释那些医学术语和医理。

　　阿瑟在绘图桌上铺了张大纸，开始把他收集到的笔记综合起来编写在上面。他按组把有关的信息分类，把它们圈起来，然后按照关系的顺序把它们连接起来。这样渐渐绘成了一张巨大的图表，又连接到第二张大纸上，那上面写满了思考推理和得出的结论。

　　就这样，他们花了两天两夜的时间，试图弄懂和想象一把能解开摆在面前的这个谜的钥匙。两天两夜得出了这样的结论：昏迷对于一些研究人员来说，现在是，过一些年以后依然是一片非常模糊不清的区域，病人的躯体活着，却和赋予躯体生命并且给予它一个灵魂的精神相分离。阿瑟筋疲力尽，两眼发红，倒在地上睡着了。劳伦坐在绘图桌前，手指沿着图上箭头指示的方向，查看着这张图表。她惊讶地发现自己食指所到之处，图纸在起伏波动。

　　她走过去蹲在他身旁，把手在地毯上摩擦了一下，然后让手掌沿着他的前臂移动，手臂上的汗毛都竖了起来。于是她露出微笑，摸了摸阿瑟的头发，然后在他身边躺了下来，沉思着。

　　七小时后他才醒过来。劳伦还是坐在绘图桌前。

他揉揉眼睛，向她笑了笑，她也立刻报以微笑。

"你睡床上本来会更好，但你睡得这么香，我都不忍心喊醒你。"

"我睡了很久了吗？"

"好几个小时了，但是还不够补充你耽误的睡眠时间。"

他想泡杯咖啡，然后重新开始工作，但是她阻止了他的冲动。他的介入让她非常感动，但这是枉然的。他不是大夫，她也只是个住院实习医生，靠他们两不可能解决昏迷这个问题。

"那你的主张是？"

"让你像你所说的那样喝杯咖啡，好好冲个澡，然后我们出去逛逛。你不可能借口收容了一个鬼魂，就隐居在你的房间里，自给自足地生活。"

他想先去喝杯咖啡，然后再走着瞧。而且他希望她不要再提"鬼魂"，她看上去什么都像，就是不像鬼魂。她问他"什么"是指何物，他拒绝回答。"我要说的是可爱的事情，但过后你又要跟我过不去了。"

劳伦蹙起双眉，一副疑问的神色，追问"可爱的事情"指的是什么。他坚持让她忘掉他刚刚说的话，但是，就像他所料到的那样，这是白费劲。她把两手握成拳叉在腰间，站在他对面，一定要他说出来。

"那些可爱的事情，是什么东西？"

"劳伦，把我说的这个忘了吧。你不是个鬼魂，就这些。"

"那么我又是什么呢？"

"一个女人，一个非常漂亮的女人。现在我要去冲个澡。"

他没转身便离开了房间。劳伦抚摸着地毯，心中一阵高兴。半小时后，阿瑟穿了条牛仔裤，套了件粗绒羊毛衫，走出浴室。他渴望去吃一大块肉。她提醒他现在只是早上十点钟，但是他立刻反驳说，在纽约现在是去用午餐的时候，而在悉尼则已经吃晚饭了。

"不错，但我们不在纽约，也不在悉尼，我们在旧金山。"

"这丝毫改变不了我吃肉的胃口。"

她希望他回到以前真实的生活中去，而且也跟他说了这点。他有幸拥有这样一种生活，应该享受它。他没有像这样将它放弃的权利。对于她的夸大其词，他不以为然。无论如何他只是休几天假。但在她看来，他是在玩一个既危险又徒劳的游戏。他发起火来：

"从一个医生的嘴里听到这些真是莫名其妙。我本来相信没有天命，相信只要哪里有生命哪里就有希望，相信事在人为。为什么我比你更相信这些呢？"

因为她恰好是个医生，她回答道，因为她必须头脑清醒，她确信他们在浪费时间，在浪费他的时间。

"你不该依恋我，我没有什么东西可以送给你，献给你，与你同享，我甚至都不能为你泡杯咖啡，阿瑟！"

"真是他妈的，如果你不能为我泡咖啡，将来便什么都不可能了。我没依恋你，劳伦，既不依恋你也不依恋任何人。我没希望在壁橱里遇到你，只是因为你在里面，这便是生活，生活就像这样。没人听得见你，看得见你，没人能够跟你交流。"

她有道理，他接着说，关心她的问题对于他俩都是冒险。对于她来说，这样做可能会使她抱有虚假的希望，而对于他，则是"这件事要占用我的时间，并在我的生活中造成这种扯淡的颠三倒四，但生活就是这样"。他只此一策，别无他法。她在这里，在他身边，在他的房间"也是你的房间"里。她正处在一种微妙的境地，他要照顾她，"在文明世界里就是这么做的，即便这样具有危险"。在他的眼里，从超市出来扔一美元给流浪汉是一件容易的事，没有什么价值。"只有在将自己本来就不多的东西给予他人时，才是真正的给予"。她对他还不大了解，但是他做事讲究有头有尾，无论要花多少代价，他都决心走到底。

他请求她给予他权利去帮助她，坚持说她所剩下的真实生命中唯一的事情，就是好好地同意接受这种帮助。假如她以为他在介入这件事情之前并没有考虑过的话，她是完全有道理的。他绝对没有考虑过。"因为正是在人们盘算、分析要做还是不做的时候，时间就流逝了，结果是一事无成。"

"虽然我不知道用什么样的办法，但我会把你从中解脱出来的。如果你应该死去的话，那早就去了。而我正好碰上，就是为了帮你一把。"

最后，他请她接受他的方法，即便不是为她自己，至少也是为了所有那些在几年后由她照料的病人。

"你本来可以当一名律师。"

"我倒是应该成为医生。"

"那你为什么没做医生呢？"

"因为妈妈去世太早了。"

"当时你几岁？"

"太早了，我真的不愿意提起这件事。"

"为什么你不愿意谈它？"

他提醒说她是住院医生而不是精神分析学家。他不愿谈这件事是因为这让他痛苦，提起它会让他悲伤。"过去的就过去了，就这样。"他现在负责一家建筑事务所，他为此而感到非常幸福。

"我喜欢我做的事以及和我一起工作的同事。"

"这是你的秘密花园吗？"

"不，花园是没有任何秘密的。一座花园，完全是另一码事，这是一种遗赠。不必再追问了，这是属于我的东西。"

他很小就失去了母亲，父亲去世更早。他们曾将自己最美好的东西，他们所能拥有的时光给予了他。他的生活就像这样，既有长处又有短处。

"我还是很饿，尽管不在悉尼，我还是要去吃鸡蛋和咸猪肉。"

"你父母去世后谁抚养你？"

"你不会太固执吧？"

"不，一点也不固执。"

"这事让人毫无兴趣。根本无所谓，还有许多更重要的事情要做。"

"不，我却对它感兴趣。"

"什么让你感兴趣？"

"你生活中的往事，这使你能够这样做。"

"能够怎么做？"

"能够抛下一切，来关心一个你所不认识的女人的幽灵，而且这甚至不是为了性的需要，这是让我惊讶的。"

"你总不会替我做精神分析吧，因为我既不愿意也不需要。没有什么阴暗的区域，你明白吗？过去的事比所有别的事都更具体和确定，因为它已经过去了。"

"所以我便无权来认识你了？"

"不，你有这个权利，你当然有这个权利，但是你想了解的是我的过去，而不是我。"

"要让人明白是如此困难吗？"

"不，但这是隐私，并不是让人欣喜若狂的东西。这事说来话长，而且也不是我们要谈论的话题。"

"我们又不赶火车。我们两天两夜没有合眼，一直在研究昏迷，现在可以暂时休息一下了。"

"你本来应该去当律师！"

"是的，但我当了医生！告诉我。"

工作是他辩解的理由，他没有时间去回答她。他一声不吭地吃完鸡蛋，把盘子放到洗碗池里，然后重新坐到工作台前。他转过身去朝着劳伦，她坐在长沙发上。

"你生活中曾有过许多女人吗？"她低着头问道。

"当人们相爱时，是不会计算的！"

"你还说不需要精神分析专家！那些'计算过的'，你有许多吗？"

"那你呢？"

"是我先提出这个问题。"

他回答说曾有过三次爱情的纠葛。一次在少年时，一次在做年轻男人时，还有一次在"从不太年轻的男人"转变为一个男人但还不完全是的时候，否则他与女友还会在一起。她发现这个回答很守规则。但是她马上就想知道为什么这事没成。他认为这是因为自己过于刻板。"是独断吗？"她问道，但是他还是坚持用"刻板"这个字眼。

"我母亲把那些理想爱情的故事刻在了我的头脑里，有这些模式是一种严重的心理障碍。"

"为什么？"

"那会把尺度定得很高。"

"把对方的？"

"不，把自己的。"

她本想让他深入谈谈，但是他却担心"重弹老调，让人笑话"，不愿谈及。她请他碰碰运气。他知道自己没有任何机会让她避开这个话题，于是他说：

"当幸福在脚跟时要辨认它，鼓起勇气和决心俯下身去将幸福拥抱在怀里……并且将它留住。这是心灵的智慧。缺少这种智慧，就只能有逻辑的智慧，这并不是什么了不起的东西。"

"那么是她离开了你！"

阿瑟没有回答。

"而且你还没有痊愈。"

"不，我已经痊愈了，况且我本来就没有生病。"

"你过去不懂得爱她吗？"

"没有人是幸福的业主。有时人们运气好，得到一份租约，成为它的房客。房租必须交得非常及时，否则，很快就会被剥夺所有权。"

"你说的话真让人放心。"

"所有的人都惧怕日常的生活，如同它像一种令人厌倦而又无法逃避的天命。我不信这种天命……"

"你相信什么？"

"我相信日常生活是默契的源泉，与习惯不同，人们可以从中创造出奢华和平庸、杰出和平凡。"

他跟她谈起没有采摘的水果，人们任其落下烂在地里。"由于疏忽，由于习惯，由于自信和自负，幸福的琼浆便永远不能被畅饮。"

"你有过经验吗？"

"说真的还没有过，只是试图将理论转为实践。我相信那种自我成长的激情。"

对于阿瑟来说，没有比一对穿越时光，以温存逐渐替代激情的夫妻更为完美的了。然而当人们追求绝对时，又如何感受这些呢？他认为保留一部分自己的孩子气，保留一部分梦想，这是无可非议的。

"我们俩说到底是彼此不同的，但是首先我们都曾经是小孩。那么你呢，你爱过吗？"他问道。

"你认识许多没有爱过的人吗？你想知道我有没有爱过？没有过，有过，最后是没有。"

"你生活中曾多次被爱吗？"

"就我的年纪来说，是的，不少。"

"你说话很简洁，这人是谁？"

"他没死：三十八岁，搞电影的，长得挺帅，很少空闲，有点自私，一个理想的家伙……"

"那么怎么样了呢？"

"怎么样，他在离你描述爱情的场所几千光年远的地方。"

"你知道每个人都有自己的世界！问题在于要把自己的根扎在合适的土壤里。"

"你总是这样做比喻吗？"

"经常这样，这使得我所要说的东西更加婉转。那么你的故事呢？"

她和她的电影艺术家一起生活了四年，分分合合的四年。故事中的两个主人公不知互相分离又互相和好了多少回，就像是戏剧艺术给予现实生活多加了一维空间，她形容这一关系是非常自私的，没有意思，只是用肉体的冲动来维系的。"你很性感吗？"他问道。她认为这个问题有点不知羞耻。

"你不是非得要回答这个问题。"

"我是不会回答的！最后，他在出事前两个月和我断了关系。对他这是再好不过了，至少他今天什么都不用负责。"

"你对他感到惋惜吗？"

"不，但在断绝关系的那一刻我感到有点惋惜。现在我认为两人生活在一起要有一个前提，那就是宽容大度。"

她对许多总是以同样的理由结束的故事感到厌烦。如果说某些人随着年龄的增长而失去了他们的理想的话，劳伦却恰恰相反。她年岁越大越变成理想主义者。"我觉得要打算两人分享一段生活，就必须停止让自己或让别人相信：假如双方真的没有做好奉献的准备，两人便可以进入一个具有重要意义的事情之中。人们不可以用指尖去触碰幸福。你要么是给予者，要么是接受者。我呢，我是给予先于接受。但对于那些自私自利的人，那些心计复杂的人，还有那些内心过于吝啬而无法实现他们的渴望和希望的人，我是不屑一顾的。"她最终说她服膺这样的信条：认可自己的真理，辨别人们对生活所期望的东西。阿瑟觉得她的言辞过于激烈。"我受自己梦想的对立面的引诱太久了，与那些能够让我快乐喜悦的东西相逆相反，背道而驰，就这样。"她回答道。

她想出去走走，呼吸点新鲜空气，他俩出了门。阿瑟驾着车，行驶在海边车道上。

"我喜欢来海边。"他说道，以此来打破冗长的沉寂。

劳伦没有立刻回答，她注视着地平线。忽然她紧紧抓住阿瑟的胳膊。

"你的生活中究竟发生了什么事？"她问。

"为什么要提这样的问题？"

"因为你与其他的人不一样。"

"是因为我有两个鼻子让你不舒服吗？"

"没什么让我不舒服，你只是与众不同。"

"不同？我自己都没有感到有什么不同，那又是什么方面不同？和谁不同？"

"你很从容！"

"这是缺点吗？"

"不，完全不是缺点。但这使人难以对付，好像没有什么能给你造成问题。"

"因为我喜欢寻找解决的办法，所以我就不怕问题。"

"不是的，这里面有其他的东西。"

"又是心理测试的那一套吗？"

"你有权不回答。但我也有权把我的感觉说出来，我不是在做测试。"

"我们的谈话像是一对老夫老妻的样子。我没有任何东西要隐瞒的，劳伦，没有阴暗的区域，没有秘密的花园，没有精神的创伤。我就是我，充满了缺点。"

他并不是特别喜欢自己，但也不讨厌自己，他欣赏自己放任自流和独立于习俗风尚之外的方式。她感受到的也许是这些东西。"我不属于某种体系，我一直为反对它而斗争。我跟我喜欢的人来往，我去我愿意去的地方，我阅读一本书是由于它吸引我，而不是因为'完全应该读它'，我的一生就像这样。"他做他渴望做的事，并不对事情的所以然提出许多问题，而且"我并不为其他的东西所为难"。

"我也不想为难你。"

沉默了一阵之后，谈话又重新开始。他们走进一家饭店暖融融的茶室。阿瑟喝了一杯卡布奇诺咖啡，啃了几块油酥饼。

"我非常喜爱这个地方，"他说，"这里很有家的气氛，我喜欢瞧这一家子一家子的人。"

　　一个七八岁的男孩坐在长沙发上，上身依偎在他母亲的怀里。母亲手里拿着一本翻开的大开本的书，正在向孩子讲述他们一同观看的那些图画。她左手的食指充满温情，缓缓地抚摸着孩子的脸蛋。男孩微笑起来，两个小酒窝绽开了，像是两个小小的太阳。阿瑟久久地凝视着他们。

　　"你在看什么？"劳伦问。

　　"一个真正的幸福时刻。"

　　"在哪儿？"

　　"那个孩子，在那儿。瞧瞧他的脸，他在世界的中心，在他那个世界的中心。"

　　"这勾起你的回忆了吗？"

　　他只是微微一笑，作为回答。她想知道他是否与母亲相处很融洽。

　　"妈妈昨天去世了，这事已经许多年了，但还像是昨天。你知道，她走后的第二天让我最为震惊的是，那些房子依旧在那里，在街的两边，大街上的汽车熙熙攘攘继续往来行驶，行人在街上走着，好像完全不知道我的世界刚刚消失了。而我却知道，因为这是我生命中的空白点，就好像散乱无序的底片上什么也没留下。因为突然间整座城市停止发出声音，如同一分钟内所有的星星都陨落了或者熄灭了。她死的那一天，我向你起誓这是真的，花园里的蜜蜂都不飞出蜂箱，没有一只蜜蜂去玫瑰园采蜜，就像它们也知道一样。我所喜爱的是变成这个小男孩依偎在亲人的怀里，随着母亲哼曲的声音被摇晃着，只要五分钟就满足了。当她用手指抚摸我的下巴，让我从醒着的状态回到孩童时代的睡梦中去，重新体会沿着背脊而下的这种战栗——这样，便不再有任何东西能够真正触及到我：学校里大个子史蒂夫·哈钦巴赫的虐待；因为我不懂课文莫尔通老师的叫喊；还有食堂里那些刺人的气味，都不能动摇我。我告诉你为什么我会像你说的那样'从容'。因为人们不可能经历体验一切，所以重要的是经历体验主要的东西，而我们每个人都有'他自己主要的东西'。"

"我希望上天在想到我的时候能够听见你的声音。我的'主要的东西'还在我的面前。"

"正是为了这点，我们不能抛弃这'主要的东西'。我们回家接着干吧。"

阿瑟付了账单，然后他们向停车场走去。在他还未坐进车子之前，劳伦亲了亲他的脸颊。"谢谢你做的这一切。"她说道。阿瑟微笑起来，红了脸，他打开车门，什么也没说。

⋯⋯❖⋯⋯

阿瑟在市图书馆里度过了将近三个星期。这是一座新古典主义风格的庄严的建筑，在二十世纪初建成。在它那有着十几个拱顶的威严壮观的大厅里，洋溢着一种与其他许多类似地点迥然不同的气氛。人们在那些保存城市档案的地方，经常碰见方济各会资深教士与那些重回图书馆的上了年纪的嬉皮士在一起，彼此交流有关这个城市历史的闲闻逸事，相同和不同的观点。阿瑟登记在第27室，那里集中了所有的医学文献，他坐在第48排，这个位置毗邻有关神经学的文献。几天之内他在那里啃了几千页有关昏迷、失去知觉以及头颅创伤的资料。这些阅读使他对劳伦的情况更加清楚，但没有一份材料让他有可能解决摆在面前的问题。每次合上一份文献时，他都希望能够在下一篇资料里得到一点启发。每天早上图书馆开门的时候他就到了，座位前摆着一大堆书籍，然后埋头在他的"作业"里。有时他会停下来，离开座位来到电脑台前，把满是问题的电子邮件发给著名的医学教授。一些教授给他回音，有些对他研究的目的感到惊讶。在这之后，他又回到座位上，重新开始他的阅读。

中午，他在咖啡厅里用餐，只歇一会儿工夫，他还随身带来一些讨论同样主题的杂志，然后直到二十二点图书馆关门时才结束他勤奋的一天。

那之后，他还要和劳伦相聚，边吃饭边告诉她一天的研究情况，于是开始真正的讨论。在讨论中她最终忘记了阿瑟不是医学科班出身这个事实。他用快速学成的医学词汇迅速地把她驳得哑口无言。他俩之间论据和反驳互相连接或者互相对立，经常辩到深夜，筋疲力尽。清晨，在用早餐时，他告诉她白天要进行的研究中他所采取的思路。他拒绝她的陪伴，说是她在场会让他分心。虽然阿瑟从未在她面前泄气过，而且他的言语总是充满乐观，但每次的沉默都让人感觉到他们没有成功。

他的研究已经有三个星期了，这是个星期五，他比平常稍稍早些离开图书馆。汽车里的收音机播放着巴里·怀特的歌，他把音量开到最大，嘴角露出一丝微笑。突然，他把车拐入加利福尼亚街，然后停下来买点东西。他没发现什么特别的物品，却突发奇想，要吃一顿节日的晚餐。他决定回到家中后，支起一张桌子，点亮蜡烛，让整个房间回响着音乐，他要请劳伦跳舞，并禁止所有医学方面的交谈。当黄昏灿烂的晚霞映照着港湾时，他把车停在格林大街这座维多利亚式小楼的大门前。他踩着节奏爬上楼梯，耍了几个杂技动作，把钥匙插进锁里，随后把两只提着大包小包的胳膊伸进去。他用脚把门推开，然后把所有的包放在厨房的吧台上。

劳伦坐在窗上。她正出神地望着窗外，没有转过头来。

阿瑟用一种调侃的语调招呼她。很明显她心情不好，而后她突然消失了。阿瑟听到从卧室里传出低声的抱怨："我甚至不能砰的一声关门！"

"你怎么啦？"他问道。

"走开，让我安静点！"

阿瑟脱掉大衣，急匆匆地向她走过去。当他打开房门的时候，他见她站着，贴着玻璃窗，头埋在两只手里。

"你哭了？"

"我没有眼泪，你叫我怎么哭？"

"你哭了！出什么事了？"

"没事，什么事都没有。"

他找寻她的目光，但她求他别管她。他慢慢走向前去把她拥在怀里，然后转动她以便看清她的脸。

她低着头。他用放在她下巴上的手指尖把她的头抬起来。

"怎么了？"

"他们要结束了！"

"谁要结束，要结束什么？"

"今天早上我去了医院，妈妈在那里。他们在劝她同意实施安乐死。"

"怎么回事？谁在劝她这么做？"

劳伦的母亲像往常一样，每天早上来到纪念医院。三位医生在病床前等她。当她走进病房时，一位中年女医生向她走过来，请求与她单独谈谈。这位心理学医生抓着克莱恩夫人的手臂请她坐下。

医生开始了长篇大论，其中提出了所有的论据来说服克莱恩夫人，让她接受这无法令人接受的事实。劳伦只不过是由她家庭照料的一具没有灵魂的躯体，对于社会来说代价高得过分。继续维系一个植物人亲属的生命比接受死亡要容易，但这要花费什么样的代价？应该接受这无法接受的事实，把它解决掉。这样，每个人都不会有犯罪感。一切都已经尝试过了。这里容不得怯懦，应该有勇气接受它。克隆勃大夫强调她与女儿的躯体之间存在着相依关系。

克莱恩夫人猛地挣脱大夫的精神控制，她摇摇头表示完全拒绝。她不能够也不愿意这样做。时间一分一秒地过去，心理学家的理由多次来回重复，一点一点地蚕食了她激动的感情，代之以有利于理智和人道的决定。女大夫用巧妙的辞令证明拒绝安乐死对于她以及对于她的家人都是不公平的、残酷的、自私的和不健康的。最终克莱恩夫人动摇了。心理学家非常温柔地说出一个更加巧妙、更加让人产生犯罪感的理由：她女儿在监护室所占据的这个位子阻止了其他病人入住，妨碍了另外一个家庭建立希望。医生用一种犯罪感去替代另一种犯罪感……克莱恩夫人终于对原先的想法产生了怀疑。劳伦看到这一幕，恐惧极了，她望着母亲一点一点地在往后退。经过四个小时的交谈，克莱恩夫人的防线崩溃了，她眼泪汪汪地接受了医生小组在谈话中提出的理由。她同意考虑女儿的安乐死。她提出的唯一的条件，也是唯一的请求，是让她再等四天，"为了确信无疑"。今天是星期四，下星期一前任何措施都不得进行。她自己得要做好准备，也要让其他的亲朋好友做好准备。医生们都同情地点了点头，表示他们完全理解。他们感到非常满意这个科学所不能解决的问题，在一个母亲那里找到了解决的办法：对一个既不死又不活的人究竟该怎么办？

　　希波克拉底❶从未想过医学有朝一日会介入这样的悲剧。医生们离开病房，留下克莱恩夫人一人陪着女儿，她抓住女儿的手，弯下身把头贴在女儿的肚子上，眼泪汪汪地请她原谅。"我受不了了，亲爱的，我心爱的女儿，我真想代你去啊。"在房间的另一头，劳伦凝视着她母亲，内心充满了交织在一起的害怕、忧伤和恐惧。她走讨来拘伴母亲的肩膀，但她母亲却毫无感觉。在电梯里，克隆勃大夫正跟同事们说话，她为这事的解决感到满意。

　　"你不担心她会改变主意吗？"费斯坦大夫问道。

　　"不，我想不会的。再说，如有必要我们可以再找她谈。"

❶希波克拉底（约前460—前377）：古希腊医生，被后人称为"医学之父"。

劳伦离开母亲和她自己的躯体，留下她们俩在病房。说她像个幽灵那样到处游荡并不是一种多余的重复。她直接回到窗台上，决定要沐浴所有的光线，看遍所有的景色，闻遍所有的味道，感受这个城市所有的颤动。阿瑟把她搂在怀里，用他所有的温情拥抱着她。

"你即使在哭的时候也很漂亮。擦掉眼泪，我去阻止他们这样做。"

"你怎么阻止？"她问。

"给我几个小时让我考虑一下。"她离开他，又回到窗前。

"这又有什么用！"她盯着街上的路灯说道，"也许那样更好，也许是他们有理。"

"'也许那样更好'是什么意思？"阿瑟用一种咄咄逼人的口气问道，他的问题没有回应。她平常是那么强势，现在却一副听天由命的样子。如果说实话，她只有半条命，她毁了她母亲的生活。用她的话说，"没有人指望她能够走出隧道。""如果她苏醒的话……可这实在没有任何把握。"

"因为你甚至有过那么短暂的片刻，相信如果你一死了之，你的母亲就会解脱。"

"你真可爱。"她打断他说道。

"我说了什么啦？"

"没说什么，只是你那句'一死了之'我觉得挺可爱，尤其是在目前这个场合。"

"你相信她能弥补你留下的空缺吗？你认为对她来说最好的事情就是你放弃吗？还有我呢！"她用疑问的目光注视着他。

"你会怎么样呢？"

"我会在你醒来时等着你，在其他人的眼里也许是看不见你的，但在我的眼里却不是。"

"这是一个声明吗？"

她挖苦起人来。

"别这样自命不凡。"他冷冷地答道。

"为什么你要做这一切？"她几乎是生气地问道。

"为什么你要惹人恼怒，咄咄逼人？"

"为什么你要在这儿，在我的周围，围着我团团转，尽力来帮我？你脑子里出了什么毛病啦？"

她大声叫喊起来：

"你的动机究竟是什么？"

"瞧，你变得恶狠狠了！"

"那么你回答，老老实实地回答！"

"来，坐到我身边来，你冷静下来。我给你讲一个真实的故事，这样你就会明白了。有一天我们在卡麦尔附近的家里吃晚饭。当时我最多只有七岁……"

阿瑟的父母请了一位老朋友吃晚饭，吃饭时这位朋友说了一个故事，阿瑟现在便把这个故事讲给劳伦听。米勒大夫是一位著名的眼外科医生，那天晚上，他变得很奇怪，好像局促不安或者胆怯害羞似的，这不像他的性格。阿瑟的母亲非常为他担心，问他究竟出了什么事。他叙述了下面这个故事。两个星期前，他为一个先天失明的小女孩动了手术。小女孩从来不知道自己长什么样子，不了解天空是什么样子，没见过颜色，甚至连自己母亲的脸也不知道长得什么模样。外面的世界她一无所知，没有任何图像进入过她的大脑。她一生都在猜想形状和轮廓，却不能把某个影像和双手告诉她的东西联系起来。

后来，科科，这是大家给米勒大夫取的外号，竭尽全力做了这个"无法施行"的手术。在来阿瑟父母家吃晚饭的前一天早上，他一个人和小女孩待在病房里，他解开了她的绷带。

"在我完全取下你的绷带之前，你会看到某个东西。你准备好！"
"我会看见什么呢？"她问道。
"我已经跟你说过了，你会看见光线。"
"但是光线又是什么？"
"是生命，再稍稍等一会儿……"

……就像他所许诺的那样，几秒钟之后，白天的光线射入她的眼睛。光线穿过瞳孔，比决堤后自由奔腾的河流还要迅速，它汹涌激荡，全速穿越眼睛的晶状体，把它携带的无数信息传到两只眼睛的眼底。孩子从出生起，视网膜成千上万的细胞还是头一回受到刺激，引起了一种神奇复杂的化学反应，把映入视网膜上的所有图像进行编码。这些编码立刻被传到两根视神经上，这些神经从久睡中苏醒过来，并且急忙将这突然涌入的大量数据传递到大脑。在几千分之一秒的时间内，大脑把接收到的所有数据解码，将它们重新组合成活动的图像，并且把组合和解释这些图像的工作留给意识。世界上最古老、最复杂又最微小的图像处理器，突然与光学联系在一起，并且发生作用了。

小姑娘既焦急又惊恐，她抓住科科的手跟他说："等一下，我害怕。"他停了一会儿，把小女孩抱在手里，并且又一次告诉她等他拆完绷带时会发生的事。小姑娘理解、领会了许许多多新的信息，并把它们和她所想象的东西进行比较。这样，科科才重又开始拆绷带。

小姑娘睁开双眼时，首先看见的是自己的手，她转动着两只手就像转动木偶一样。然后她弯下头，微笑起来。她又哭又笑，目光始终没有离开她的那十个手指，就像是为了避开身边的一切，避开成为现实的东西，因为她很可能是受了惊吓。然后她把目光投向她的玩具，停留在那个布娃娃身上：它曾陪伴她度过了那永远是黑暗的日日夜夜。

在这间大病房的另一头，她的母亲悄悄地走了进来，没说一句话。小女孩抬起头，盯着她看了几秒钟。她也从未看见过她！然而，当这位妇女离她还有几米远的时候，小孩的脸庞发生了变化。刹那间，这张脸重又变成了一个娇小的女孩的脸。她张开双臂毫不犹豫地呼唤这位"不认识的"妈妈。

"当科科说完这个故事的时候，我明白从此以后在他的生命中便有了一种巨大的力量，他能够感到自己做了某件重要的事情。实话跟你说吧，我为你做的这一切，都是为了纪念科科·米勒。要是现在你平静下来了，你就应该让我好好想想。"

劳伦一句话也没说。她嘴里咕哝着什么，谁也听不清。阿瑟坐在长沙发上，把在茶几上捡起的铅笔塞进嘴里咬起来。他就这样待了很久，然后一下子站起身，走到办公桌前坐下，在一张纸上潦草地写起来。就这样过了近一个小时。这段时间里，劳伦像一只猫咪仔细观察一只蝴蝶或者一只苍蝇一样瞧着他。每当他开始疾书或者停下来，嘴里又咬起铅笔时，她都歪着头，惊奇地撇撇嘴。写完后，阿瑟用非常严肃的神色跟她说：

"在医院里他们对你的躯体实行了哪些护理？"

"你是说除了梳洗之外？"

"特别是治疗方面。"

她告诉他说自己要输液，不能进食。为预防起见每星期打三次抗菌素。她还说要在她腰部、肘部、膝盖和肩膀做按摩，以防止结痂。剩下的护理便是检查与生命有关的常数和体温。她不需要人工呼吸器。

"我是自己呼吸的。他们遇到的问题也正是在这里，否则他们大概只需把管子拔掉就成了。大致的情况就是这样。"

"那么为什么他们要说你的住院费用非常昂贵呢？"

"这是由于床位的原因。"

她解释了为什么住院部的一个床位会非常昂贵。对于病人的治疗类型，医院里确实是不加区分的。人们只是用各科室拥有的床位数和这些床位一年里占用的天数去除住院部的运营成本费用，由此得出神经科、康复科、矫形外科等各个科每天的住院费。

"我们也许可以把我们和他们的问题一下子全部解决掉。"阿瑟断言道。

"你有什么主意？"

"你曾经照管过像你这样的病人吗？"

她照管过送进急诊部的病人，但都是短期的，从来没有照看过长期住院的病人。"但是如果她必须长期照看呢？"她想那也不会有什么问题，那几乎都在护士的工作范围内，除非遇到病情突然复杂的情况。"那么你知道怎么办吗？"

她不明白他到底是什么意思。

"输液，这很复杂吗？"他坚持问道。

"指什么而言？"

"得到这种药水很复杂吗？我们可以在药店里找到输液的药水吗？"

"在医院的药房里可以找到。"

"在普通的药房里没有吗？"

她想了一会儿，表示可以这么办，可以去买葡萄糖、抗凝剂、生理盐水，然后把它们混合在一起就得到了输液药水。所以这是可能的。家庭病房的病人也是让他们的护士在中心药店订购这些药品的。

"现在我得打电话给保罗。"他说。

"为什么？"

"为救护车的事。"

"什么救护车？你有什么主意？我可以了解得更多一点吗？"

"我们去把你劫出来！"

她不明白他到底要干什么，但已经开始担心起来。

"我们把你劫出来。没有躯体，便没有安乐死了！"

"你是完全疯了。"

"还没疯到那个地步。"

"你们怎么劫我？你们把躯体藏在哪里？谁来照看？"

"问题一个一个问。"

她来照管她的躯体，她有所需要的经验，只是得要找到储存输液药水的方法。但是听过她前面的解释后，这个问题似乎不是不可能的。也许得不时地更换药店以免太引人注目。

"用什么处方？"她问道。

"这包括在你的第一个问题中，也就是说怎么做？"

"那怎么做呢？"

保罗的继父是车身制造技工，在修理急救车辆，如救火车、警车、救护车方面有专长。他们要去"借"一辆救护车，偷几件白大褂，然后去找她，把她从医院里转移出来。劳伦哈哈大笑起来："但这种事不是这样做的！"

她提醒他进一家医院不是进一家超市。要转院，我们行话称为"二期"，得有许多行政手续。必须要有转入部门的担保证明，由主管医生签字的出院许可证，救护车公司的转迁凭条，还要有一封迁移的信件，上面这些是一个病人转院的必不可少的手续。

"正是在这点上你可以参与进来，劳伦，你要帮我获得这些资料。"

"但是我办不到。你要我怎么做？我什么都抓不住，什么都动不了。"

"但你知道这些东西在哪儿！"

"是的，但又怎么样呢？"

"我去把它们偷来。你认识这些单子吧？"

"当然认识，以前我每天都签单，尤其是在我们科里。"

她告诉他这些单子的模样。这是一些格式统一的清单，印在白纸、红纸和蓝纸上，上面有医院或者救护车公司的笺头和图案标记。

"那么我们把它们仿制出来，"他总结道，"你陪我去。"

阿瑟穿上夹克，拿上钥匙，他好像一反常态，打定主意，不给劳伦对这项不现实的计划提出异议的余地。他们坐进车里，阿瑟启动开启车库大门的遥控器，然后将车驶入格林大街。天已经黑了。如果说城里很安静，阿瑟心里却不然，他飞也似的把车开到纪念医院，将车直接停在急诊部的停车场上。劳伦问他要做什么，他只是嘴角笑了笑答道："跟着我，不要笑。"

在他穿过急诊部双层门第一道门的时候，他突然弯腰曲背，然后就这样一直走到接待处。值班人员问他怎么回事。他告诉她晚饭后两个小时突然发生强烈的痉挛，他两次明确地说明以前曾做过阑尾手术，但是从那以后他也曾有过这种难以忍受的疼痛。值班员请他躺在一副担架上等住院医生来照管他。劳伦坐在一张轮椅的扶手上，她也微笑起来。阿瑟把戏演得十分逼真，刚才他几乎要倒在候诊室时，她非常担心。

"你不知道你正在做什么。"她悄悄地对他说。这时，一位医生走过来替他看病。

斯巴塞克大夫走过来，把他带到沿着走廊延伸的一个大房间里，大房间里的各个小房间之间只用一道布帘隔开。医生让他躺在体检床上，一边问他疼痛的情况，一边看着卡片，上面有在接待处登记的一切有关信息。除了他何时成为一个男人外，几乎所有关于他的情况都得登记到上面，情况那样具体，就像是警察的审讯记录。他告诉医生阵阵痉挛让人受不了。"你什么地方有这种强烈的痉挛？"医生问道。"肚子里什么地方都有。"这让他痛极了。"不要再添油加醋了，"劳伦在他耳边吹风道，"不然你要挨一次止痛针，在这里过上一夜，然后明天一早让你做肠道钡剂造影，还有纤维内窥镜和结肠镜检查。"

"不要打针！"他情不自禁脱口而出。

"我可没说要打针。"斯巴塞克从他的那份材料上抬起头说。

"你没说，但我还是喜欢说在前面，因为我讨厌打针。"

住院医生问他的性格是否有点神经过敏，阿瑟点点头。医生要替他做触诊，阿瑟得告诉他什么地方痛得最厉害。阿瑟又点点头。医生两手交叠，放在他的肚子上，开始触摸诊断。

"你这儿疼吗？"

"是的。"他犹犹豫豫地答道。

"这儿呢？"

"不，你这个地方不可以痛。"劳伦微笑着在他耳根吹风道。

阿瑟立刻否定了住院医生正在触摸的地方有任何疼痛。

在整个诊断过程中她就这样指导他回答。医生诊断他为神经过敏性结肠炎，需要服用抗痉挛药，凭他开出的处方单可以到医院的药房去取药。在这之后，握完两次手，道了三声"谢谢大夫"，阿瑟便步履轻松地走在去药房的过道里。他手里捏着三张不同的单子，都印有纪念医院的笺头和徽章标记。一张蓝的、一张红的，还有一张绿的。第一张是处方，第二张是收据发票，这最后一张是出院单，上面写着醒目的大字"可以转院／可以出院"，还用斜体字印着"划去无用一栏"。他脸上露出喜悦的笑容，对自己非常满意。劳伦在他身边走着。他挽着她的胳膊。"我们还是结成了一个好对子！"

回到家里，他把三张单子放入电脑的扫描仪，把它们复制出来。从此他便拥有了永不枯竭的源泉，可以印制纪念医院所有颜色和所有尺寸的正式单据。

"你真厉害。"劳伦望着从彩色打印机输出的第一批有笺头的纸张，对他说道。

"过一个小时，我打电话找保罗。"他回答。

"我们先谈谈你的计划，我的阿瑟。"

她说得有理，他必须向她问清楚所有涉及转院过程的手续。但是她要讨论的不是这些问题。

"那么是什么呢？"

"阿瑟，你的计划让我感动，但是很抱歉，它是不现实的，是疯狂的，而且对你非常危险。如果你被逮住了，你会去坐牢，以什么罪名呢？这真是该死！"

"但如果我们不去试一试，对于你不就更危险吗？我们只有四天时间，劳伦！"

"你不能这样做，阿瑟，我没有权利让你这么做。对不起。"

"我以前认识一位女朋友，她每句话都要说对不起，她这样过分以至于她的男友们都不再敢请她喝杯水，生怕她因为口渴而说对不起。"

"阿瑟！别做蠢事了，你明白我要说的话，这是一个疯狂的计划！"

"疯狂的是现在的情况，劳伦！我没有其他选择。"

"那么我呢，我是不会让你为了我去冒这么大的风险的。"

"劳伦，你得帮我，而不是浪费我的时间，这对你性命攸关。"

"应该有其他的解决办法。"

阿瑟只看到代替他的计划的唯一办法，就是找劳伦的母亲谈，劝她放弃接受安乐死，但是这个办法实施起来困难很大。他们从未见过面，所以见她不大可能。劳伦的母亲不会同意见一个陌生人。他可以自称是她女儿的好友，但是劳伦认为她母亲会怀疑，因为她认识所有与女儿关系密切的人。也许他可以去一个她常去的地方跟她不期而遇，但必须确定一个合适的地点。

劳伦考虑了一会儿，说："她每天早上在海滨遛狗。"

"好的，但这样我要有只狗遛遛才行。"

"为什么？"

"因为如果我只有一根牵狗绳，绳端没系着一条狗，这么走着，马上会让人起疑的。"

"你只要在海滨散步锻炼就行了。"

他觉得这个主意很有吸引力。他只要在嘉莉溜达的时候沿海滨行走，对这条小狗表现出好感，抚摸它，然后便可以和她母亲交谈了。他同意试试这一招，第二天就去那儿。次日清晨，阿瑟起了床，套了条卡其色长裤和一件马球衫。临出门前，他要劳伦紧紧地将他抱在怀里。

"你怎么啦？"她害羞地问。

"没什么，我没时间跟你解释，这是为了那条小狗。"

她说了声对不起，把头放在他肩上，叹了口气。"很好，"他果断地说，一边脱出身来，"我走了，否则要错过时间的。"他没来得及跟她说声再见，就一阵风似的离开了房间。房门重新又关上，劳伦耸耸肩，叹息道："他拥抱我只是为了那条狗。"

他开始散步时，金门大桥依旧沉睡在絮状云团中。这座红色桥梁只有两根柱子的顶端穿出包裹它的云雾。囚禁在海湾中的海水平静无声，早起的海鸥兜着大大的圈子在寻找鱼儿，海堤上铺着的宽阔草坪被夜晚的浪花拍打过，依旧湿漉漉的，那些停泊在码头上的船轻轻地摇晃着。一切都是那么安宁，几个晨练的长跑者划破这充满潮湿和凉意的空气。几个小时后一轮硕大的太阳就会悬挂在索萨利托和蒂伯龙山丘的上方，把这座红色大桥从云雾中解救出来。

他远远瞧见克莱恩夫人，和她女儿所描述的完全相符。离她几步之遥，嘉莉碎步小跑着。克莱恩夫人心事重重，魂不守舍，就像是肩负着她所有的苦难。小狗从阿瑟旁边经过，突然非常奇怪地停住脚步，嗅嗅他身边的气味，狗鼻子不停地嗅着，脑袋打着转。它走近阿瑟，闻他的裤管，然后即刻躺下来，呜呜地呻吟着。小狗的尾巴疯狂地在空中甩打，它快乐兴奋得浑身发抖。阿瑟跪下身去轻轻地抚摸它。小狗急忙来舔他的手，它那呜呜的呻吟声也变得更强，节奏更快。劳伦的母亲走过来，满脸惊讶。

"你们认识？"她说。

"为什么？"他边起身边回答。

"它平日如此胆怯恐慌，没人能接近它。而现在它像是拜倒在你的面前了。"

"我也不知道，也许是因为我的一个非常亲密的女友有一条和它异常相像的小狗。"

"是吗？"克莱恩夫人心头一紧，极度激动。

小狗躺在阿瑟的脚跟旁，开始尖声叫起来，一边向他伸出前爪。

"嘉莉！"劳伦的妈妈叫了一声，"别吵这位先生。"阿瑟伸过手去做了自我介绍，老太太犹豫了一会儿，然后也伸出手来。她觉得这狗的举动让人极度难堪，对它如此随便表示歉意。

"没事，我很喜欢动物，再说它很可爱。"

"它平日里可凶呢，它真的像是认识你。"

"我对狗总是很有吸引力，我相信在人们喜欢它们时，它们能感觉到。它的确长得很可爱。"

"这是一条真正的混血种，一半是西班牙种猎犬，一半是拉布拉多猎犬。"

"它和劳伦的那条狗像极了，真是难以置信。"

克莱恩夫人几乎要晕过去，她的脸抽搐起来。

"你怎么啦，夫人？"阿瑟问道，抓住她的手。

"你认识我的女儿？"

"这是劳伦的狗？你是她的母亲？"

"你认识她吗？"

"认识，很熟，我们相当熟。"

她从未听说过他，她想了解他们是怎么认识的。他自称是建筑师，是在医院里遇上劳伦的。她为他缝过一条在切割时划破的、难弄的伤口。他们互相产生好感，然后便经常见面。"我不时地去急诊部和她一起吃午饭，她晚上如果下班早，我们也经常在一起吃晚饭。"

"劳伦从来没有时间吃午饭而且总是很晚回家。"

阿瑟低下头，无言以答。

"不过，不管怎么说，嘉莉好像跟你很熟。"

"我对她发生的事真是很遗憾，夫人，从她出事后我经常去医院看她。"

"我在那里从未遇见过你。"

他提议和她一起走几步。他们沿着水边行走。阿瑟夅着胆子询问劳伦的消息，说是有一阵子没去她那儿了。克莱恩夫人说情况还是稳定在那里，也不再抱什么希望。她闭口不谈她自己做出的决定，却用一些完全无望的言辞来描述她女儿的情形。阿瑟沉默了一会儿，接着开始为希望辩护。"医生对于昏迷一无所知"……"昏迷的人听得见我们的声音"……"有些人在昏迷七年之后又苏醒过来"……"没有比生命更神圣的东西了，如果生命置一般的道理于不顾，维持原状，那便是应该察知的迹象。"甚至连上帝也搬出来了，"上帝才是唯一有资格安排生与死的主宰"……克莱恩夫人突然停下脚步，两眼盯着阿瑟。

"你不是碰巧在路上遇到我的，你是谁，你要干什么？"

"我只是在这儿散步，夫人，要是你觉得我们的会面不是偶然的，那么该是你问问自己为什么。我又没有训练过劳伦的狗，让它不用招呼便来到我的身边。"

"你想要我干什么？你究竟知道了什么才向我说这些有关生与死的话？你什么都不知道，我每天看着她躺在那里，看着她一动不动毫无生气，连一根睫毛都不动一下，看着她胸脯起伏，但是却望着她与世隔绝的脸，对于这些，你一无所知。"

在愤怒的激动中，她告诉他自己抱着女儿能听见她疯狂的希望，整日整夜地跟她说话。自从她女儿昏迷后，她的生活就不存在了，就等着医院的一通电话，告诉她说一切都结束了。她给了女儿生命。小时候，她每天早晨都喊醒女儿，给她穿好衣服带她去学校，每天晚上在她的床前给她讲故事。与她分享每一份快乐，和她承担每一份痛苦。"当她长成大姑娘后，我忍受她那没有道理的愤怒，分担她初次失恋所遭受的痛苦。夜晚帮她一起努力学习，复习她所有的试卷。在必要的时候我都会自觉隐退。你知道在她活着的时候我就多么想念她吗！在我生命的每一天，我早上醒来就想着她，夜晚睡着后还是想着她……"

克莱恩夫人说不下去了，她眼含泪水，哽咽无声。阿瑟扶住她的肩膀，向她道歉。

"我受不了了，"她低声说道，"请你原谅。现在你走吧，我本来就不该跟你说这些。"

阿瑟又一次向她道歉，摸摸狗的脑袋，迈着沉重的脚步离开了。他上了车，汽车开动时他在反光镜里看见劳伦的母亲望着他离去。他回到家中，劳伦正平稳地站在一张矮桌上。

"你在做什么？"

"我在训练自己。"

"我懂了。"

"事情怎么样？"

他详细地讲述了会面的情况，对没能软化她母亲的立场感到失望。

"你本来就没什么机会，她像骡子一样倔，从来不会改变主意。"

"别这么尖刻，她正忍受着极大的痛苦。"

"你本来是个理想的女婿。"

"你最后这句话是什么意思？"

"没什么意思，你是那种讨丈母娘喜欢的家伙。"

"我觉得你的想法并不有趣，而且我想这也不是我们谈话的主题。"

"当然不是，可这话我得说！你可能没结婚就要先当鳏夫了。"

"你用这酸溜溜的口气想要跟我说什么？"

"没什么，我什么都不想跟你说。好了，我要去看看大海，我现在还能这样做。"

她突然消失了，留下阿瑟一个人在房间里，茫然不知所措。"她究竟怎么啦？"他低声自言自语。然后他坐到桌前，打开电脑，又开始撰写报告。在离开海滨时，坐在车里他就做出了决定。没有其他替代的办法，必须赶快行动。下星期一医生就要让劳伦安静地"睡着"了。他列了一张行动所需物件的清单，这对于实现他的计划是必需的。他把文件打印出来，然后拿起电话接通保罗。

"我要马上来见你。"

"啊，你从科内瓦瓦回来了！"

"这事很急，保罗，我需要你。"

"你要我们在哪儿见面？"

"随你便！"

"来我这儿吧。"

半小时后保罗和他见了面。他们坐在客厅的长沙发上。

"怎么回事？"

"我需要你帮我做件事，但不要提问。我想要你帮我去医院搬运一具躯体。"

"这是侦探小说吗？前一阵是鬼魂，现在又要去搞一具尸体？要是你想继续下去的话，我可以把我的躯体给你，它可是随时都能使唤的啊！"

"那不是一具尸体。"

"那么是什么，是一个精力旺盛的病人吗？"

"我不是开玩笑，保罗，而且这事很急。"

"我不该向你提问吗？"

"你也许很难理解答案！"

"因为我太笨了吗？"

"因为没人会相信我看见的东西。"

"试试看呗。"

"你得帮我去搬一个陷于昏迷的女人的躯体,她星期一就要接受安乐死。但我不愿意。"

"你爱上一个昏迷的女人了吗?这就是你那鬼魂的故事吧?"

阿瑟"嗯嗯啊啊"含混不清地回答,保罗深深地吸了口气,往后靠在长沙发上。

"这在精神分析专家那里看一次门诊要花两千美元。你前前后后都考虑过啦?都好好想过啦?你下定决心啦?"

"不管你去不去,我都是要去做的。"

"你对这些简单的故事真是有一股激情!"

"你知道,你并不是一定要去。"

"不错,我明白。你来到这儿,我有两个星期没你消息了,你像变了一个人似的。你要我冒着坐十年大牢的危险帮你到医院里去劫一具躯体,而我呢,我得指望自己大发善心,只有这样,我才可能帮你,你需要什么?"

阿瑟解释了他的计划,还有保罗该向他提供的东西,主要是从他继父的汽车修理厂里借一辆救护车。

"啊,另外我还得持械抢劫我母亲的后夫!认识你真高兴,老兄,我一生中缺的大概就是这玩意儿啦。"

"我知道我求了你很多。"

"不,你不知道!这些东西你什么时候要?"

他明晚得备好救护车。阿瑟大约二十三点开始行动,保罗提前半小时到他屋里找他。明天阿瑟一早会给保罗打电话，确定所有的细节。阿瑟紧紧地拥抱他的朋友，热情地感谢他。保罗显得很担心，他陪阿瑟一直走到他的车门前。

"再次感谢你。"阿瑟把头伸到车窗外说道。

"朋友就是为了帮忙。我月底也许要你帮忙去山里砍一只大褐熊的趾甲，我会把情况随时告诉你的。好了，走吧，你好像还有许多事要做。"

汽车在十字路口消失后，保罗向空中张开双臂喊叫着和上帝通话："为什么是我？"他默默凝视了星星好一阵子，好像没有任何答案从天上掉下来，他便耸耸肩，嘟哝道："是的，我知道！为什么不呢！"

在这一天剩下的时间里，阿瑟奔走在药店和诊所之间，忙于把他汽车的后备厢装满。回到家中，他发现劳伦昏昏沉沉睡在床上。他小心翼翼地坐到她身边，把手紧紧挨着她的头发放下，并没有碰到它们，接着他悄悄地说："你现在能睡了。你真的很美。"

随后他同样轻手轻脚地站起来，回到客厅坐到桌前，他刚一走出卧室，劳伦就睁开一只眼，狡黠地微笑着。阿瑟找出昨夜打印出来的医院行政表格，开始在上面填写起来。他留着几行空白，接着把所有材料都放入一个文件夹。他重新穿上夹克，坐上车向医院开去。他把车停在急诊部的停车场里，让车门开着，然后钻进入口处的大门。一架摄像机对着走廊，他却没注意到。他沿着通道一直走到当食堂用的大房间，一位值班女护士喊住他。

"你在这里干什么？"

他来是为了给在这儿工作的一位老朋友一个意外惊喜，护士也许认识她，她叫劳伦·克莱恩。女护士有点不知所措。

"你很久没见过她了吗？"

"至少有六个月了！"

他临时编了一段话，说自己是摄影记者，刚从非洲回来，想来问候这位表妹。"我们关系很密切，她已不在这里工作了吗？"女护士支支吾吾避而不答，请他去接待处，那里的人会告诉他消息的，他在这里找不到她，女护士对此表示很遗憾。阿瑟假装忧心忡忡，问是否出了什么事。女护士很为难，她执意让他去医院接待处查问。

"我得先出这幢楼房吗？"

"原则上是的，但是这样你就要绕个大圈了……"

她给他指路，这样他就可以通过医院内部的通道去接待处了。他向她点头致谢，继续保持他那装扮自如的忧虑神情。从护士眼皮下解放出来后，他又穿廊过道去寻找他要的东西。在一间房门半开的房间里，他一眼瞧见两件白大褂挂在衣架钩上。他走进去，把衣服抢到手中，卷成一团，藏在他的外套里面。在其中一件白大褂的兜里他摸到了一个听诊器。他迅速回到走廊里，沿护士指的线路走，最后从大门走出医院。他绕过医院大楼，爬上停在急诊部停车场里的汽车开回家中。劳伦坐在电脑前，没等他进屋就大声说："你真是疯到了极点！"他没作声，走近桌子把两件白大褂丢在上面。

"你真是疯了，救护车在车库里了吗？"

"保罗明晚十点半开着它来接我。"

"这些东西你是哪里搞来的？"

"在你的医院！"

"你是怎么弄到的？有人可能会逮着你的！给我看看白大褂上的标牌。"

阿瑟把衣服抖开，套了件大些的，然后转过身，模仿T台上走步的男模特。

"看看，你觉得怎么样？"

"你偷了布隆斯维克的白大褂！"

"他是谁？"

"一位卓越的心脏科医生，医院的气氛肯定要紧张了，我已经看见一大堆通知要贴出来，保安部的头头肯定要挨骂了。这是纪念医院里最爱争吵又最自以为了不起的医生。"

"我被某个人认出来的可能性是多少？"

她让他放心，这种可能性非常小，除非真的不走运。值班人员要换两次，一次是值周末的班，另一次值夜班。碰上原先她这一组的人是没有任何危险的。星期日晚上是另一个医院的另一帮人，所以气氛就不同了。

"你瞧瞧，我还有一个听诊器呢。"

"把它挂在你脖子上吧！"

他照着做了。

"你扮成医生真是性感极了，你知道吗？"她用非常温柔非常女性的语气说道。

阿瑟涨红了脸。她抓起他的手抚摸他的手指。她抬眼瞧着他，用一种同样温柔的口气说："谢谢你为我所做的一切，从未有人这样关心过我。"

"你把我说成佐罗了！"

她站起来，把脸凑近阿瑟的脸。他们注视着对方的眼睛。他把她搂在怀里，摸着她的脖子，把它弯过来，直到她的头伏在自己的肩上。

"我们有很多事要做，"他说，"我得开始干活儿了。"

他离开她坐到办公桌前。她向他投去非常殷勤的目光，然后悄悄退到卧室里，让房门开着。他干到很晚，偶尔停下来啃几口苹果。他将一行行文字打入电脑，面对屏幕，全神贯注地注意那些符号。他听到电视机被打开了。"你是怎么打开的？"他高声问道。她没回答。他站起身，走过客厅，探头到门缝里。劳伦正趴在床上，她从屏幕上移开目光，向他微笑，逗弄他。他还以微笑，又回到电脑前。当确信劳伦已经完全被电视中的影片吸引住时，他起身向一张放有文件格的写字台走去，从里面拿出一只盒子放在桌上，在打开盒子之前久久地注视着它。这是一只外形方正的盒子，上面覆盖着一块看上去有些年头的包布。他深吸一口气，然后打开盖子，盒子里放着一沓用麻绳扎住的信。他抽出一个比其他的大许多的信封，把它拆开。这是一封加了封印的信，一串又大又重的旧钥匙，从信封里掉出来。他接住钥匙，放在手中掂了一掂，默默地哭了。他没念那封信，却把它和那串钥匙一起放进衣服口袋里。他站起身，把盒子放回原位，然后回到桌前打印他的行动计划。最后，他关掉电脑来到卧室里。她坐在床脚，正在看一部肥皂剧。她的头发松散地披着，看上去好像很平静、很安宁。

"一切都已经尽可能地准备好了。"他说。

"还要问一次，为什么你要做这事？"

"这又有什么用呢？你为什么要了解一切？"

"什么都不为。"

他走进浴室。听到淋浴的声响，她又轻轻地抚摸地毯。她手到之处，纤维由于静电作用都竖了起来。他身上裹着浴衣走了出来。

"现在我要去睡了，明天我得有旺盛的精力。"

她走近他，在他前额上吻了一下。"晚安，明儿见。"说完她走出了卧室。

第二天是星期日。时间在星期日懒洋洋的节奏中一分一秒地过去。太阳与阵雨玩着捉迷藏。他俩几乎没有说什么话。她不时盯着他看，问他是否肯定会继续下去，他不再回答这个问题。中午他们去海边漫步。

他用手臂抱住她的肩膀，然后说："来，我们走到水边去，我想和你说件事。"

他们尽可能靠近水陆交界带，浪花涌上来击碎在沙滩上。

"好好看看我们身边所有的这一切：愤怒的海水，沉稳的陆地，俯视苍生的群山，苍翠的树木，白天里时刻变化着强度和色彩的光线，在我们头上飞来飞去的鸟儿，试图避免成为海鸥的猎物又在追捕其他同类的鱼儿。浪声、风声、水拍沙子的声音组成了大自然的和谐之声。还有，在这生命和物质的巨大的交响乐中，有你，有我，还有所有这些在我们身边的人。但是他们中有多少人能看见我刚才给你描述的东西？有多少人每天早晨明白这种从睡眠中醒来和看见、闻到、触摸、听见、感觉的特权呢？我们中又有多少人能够忘记片刻自身的忧虑和烦恼，而赞叹这种闻所未闻的景致呢？应该相信，人最大的无意识，就是对自身生命的无意识。你意识到所有这些，是因为你身处险境，你为了生存而需要其他人，这一点使你成为独一无二的人，因为你没有选择的余地。为了回答这么多天以来你一直向我提出的问题，我要说如果我不去冒险的话，整个这种美丽，整个这种活力，整个这种活生生的内容对你来说就会变得无法企及。正是为了这个原因我才做这件事。能够成功地把你带回人世间，将给予我的生命一种意义。我一生又能够给予自己几次机会做这样重要的事情呢？"

劳伦一句话也不说，最后她垂下双眼，凝视着沙子。他们肩并肩一直走到汽车旁。

假如生命不曾燃烧

这条道路沿着海边的悬崖峭壁通向蒙特瑞海湾，再一直通往卡麦尔。去年初夏的一个早上，劳伦驾驶她那辆凯旋车，原本打算走的也正是这条道。

　　二十二点整，保罗把救护车停在阿瑟楼房的车库里，然后去按阿瑟的门铃。"我准备好了。"他说。阿瑟递给他一个包。

　　"穿上这件白大褂，戴上这副眼镜，这是平光镜。"

　　"你没有假胡子吗？"

　　"我等会儿在路上再跟你解释，好了，该走了，我们得在二十三点医院换班时准点赶到那里。劳伦，你跟我们一起去，我们需要你。"

　　"你在跟你的幽灵说话吗？"保罗问道。

　　"和某个跟我们在一起但你又看不见的人说话。"

　　"所有这一切都是一个玩笑吧，阿瑟？要不就是你真的疯了？"

　　"都不是，你不可能理解，所以说了也没用。"

　　"我最好还是变成巧克力块儿，马上就变，那样时间会过得更快，而且我在铝纸里可以少担点心。"

　　"这是一个选择。好啦，赶紧走吧。"

他俩装扮成医生和救护车司机，走下车库。

"你这救护车，它打过仗啦！"

"对不起，我找到哪辆就开哪辆，我待会儿还会挨顿臭骂哩！你为什么不干脆扮个德国军官跟我说话呢，真是不可思议！"

"我开个玩笑，这车很不错。"

保罗开车，阿瑟坐在一边，劳伦夹在他们俩中间。

"大夫，你要旋转警灯和警报器吗？"

"你能不能稍微正经点？"

"哦，不能，老兄，现在尤其不能。如果我一本正经明白我自己正在一辆借来的救护车里，和我的合伙人去医院偷一具躯体，我就有清醒过来的危险，那样你的计划就要化成泡影了。所以我要尽力让自己保持非常不正经，继续相信自己在做梦，在做一个噩梦。请注意，好在我老是觉得星期日晚上太没劲了，这样也还能有点刺激。"

劳伦笑起来。

"这让你好笑了是吧？"阿瑟说道。

"你这自言自语的毛病能不能改一改！"

"我没有自言自语。"

"好吧，后排座上有一个鬼魂！但别跟他密谈了好吧，这让我很烦！"

"是她！"

"什么她？"

"这是个女的，而且你所说的话她全能听见！"

"给我来几支跟你一样的那种烟吧！"

"开你的车！"

"你们俩总是这样吗？"劳伦问。

"经常这样。"

"经常什么？"保罗问。

"我没跟你说话。"

保罗突然急刹车。

"你怎么啦？"

"别搞了！我向你发誓这让我很恼火！"

"什么东西？"

"什么东西？"保罗做着鬼脸重复道，"你那自言自语的荒唐习惯。"

"我没有自言自语，保罗，我是在跟劳伦说话。请你相信我。"

"阿瑟，你是完完全全昏了头了。事情必须马上到此为止，你需要帮助。"

阿瑟提高嗓门："什么都得跟你讲两遍，真是见他妈的鬼，我只是请你相信我！"

"如果你要我相信你的话，那么你什么都给我解释清楚。"保罗大声叫道，"因为像刚才那样，你就像是一个精神错乱的疯子。你做疯疯癫癫的事，你独自一人说话，你相信这些胡扯瞎吹的鬼魂故事，还把我也拖进这个扯淡的虚构故事里！"

"开车吧，我求你了，我会尽力向你解释的，而你呢，要尽力地理解它。"

救护车穿越城区，阿瑟向他的同伴解释这个依旧是不可解释的事情。他把所有的事情都告诉他，从最早的浴室壁橱开始一直到今晚。

他暂时忘了劳伦在场，他向保罗谈起她，她的目光、她的生活、她的疑虑、她的勇气和力量，说起他们之间的交谈，他们在一起的甜蜜时光，他们之间的争吵拌嘴。保罗打断他。

"假如她真的在这里，小伙子，你可要掉到粪坑里倒大霉了。"

"为什么？"

"因为你刚才说的，是一份货真价实的内心独白。"

保罗转过头来盯着他的朋友，然后露出得意的微笑说：

"不管怎样，你相信你的这个故事。"

"我当然相信啦，怎么啦？"

"因为刚才你真的红过脸。我从未见你红过脸，"接着他说起大话来了，"我们要去劫持你的躯体的那位小姐听着，如果你真的在这里，我可以告诉你我的朋友已是恋得很深了，我以前从来没见过他这样！"

"闭嘴，开你的车。"

"我会相信你的故事的，因为你是我的朋友，我没有选择的余地。我在想，如果友谊不是用来分享所有的妄想和狂热的，那又是什么呢？瞧，医院到了。"

"真是阿伯特和科斯台罗！"❶劳伦打破她的沉默说道，满脸容光焕发。

❶阿伯特和科斯台罗：美国一对著名的喜剧搭档演员。

"现在我开到哪儿去?"

"去急诊部大门,然后停在那里。把旋转警报灯打开。"

他们三人下了车朝接待处走去,一位女护士迎上他们。

"你们带来了什么?"她问。

"没什么,我们来你们这儿要接走某个人。"阿瑟用一种命令的口气答道。

"是谁?"

他自称是布隆斯维克大夫,他来负责接管一位名叫劳伦·克莱恩的女病人,今晚她要转院。护士立刻请他出示转院的文件。阿瑟把一沓单子递给她。护士满脸不悦,他们正赶上换班的时候来!办这事至少也要半个小时,而她再过五分钟就要下班了。阿瑟对此表示歉意,说是在此之前病人很多。"我也觉得很抱歉。"女护士答道。她告诉他们在五楼505房间,她待会儿在那些单子上签字,然后走的时候会把这些单子放到他们救护车的长凳上,还会和接她班的人通气的。要转院并不是一个小时的事!阿瑟禁不住答道他们来得往往都不是时候,"总是不是太早就是太迟。"护士只是给他们指了指路。

"我去找担架车,"保罗说道,以免发生口角,"我在楼上和你碰头,大夫!"

女护士只是嘴上说要帮他们忙,阿瑟谢绝了她的参与,并请她取出劳伦的病例档案,和其他的单子一起放到救护车上。

"病例档案要留在这儿,它是通过邮局寄送的,这个你应该知道。"她说。

突然她犹豫了一下。

"我知道，小姐，"阿瑟旋即答道，"我只是说病人最后一次的体检情况，那些常规统计，动脉血气分析，全血细胞计数，化学指标，血细胞容积数。"

"你应付得真不赖，"劳伦悄悄说，"你在哪儿学的？"

"电视上看的。"他低声答道。

他可以在病房里查阅这份报告，护士提出陪他一起去。阿瑟谢绝了她，请她按时下班，他可以独自应付。今天是星期日，她本来应该好好休息。保罗刚好推着担架车过来，他抓住同伴的胳膊，迅速把他拉到走廊里。电梯把他们三人带到五楼。电梯门打开时，阿瑟对劳伦说：

"目前情况还不错。"

"是啊！"劳伦和保罗一齐回答。

"你是跟我说吗？"保罗问道。

"跟你们俩。"

一位年轻的见习医生一阵风似的从一间病房钻出来。他走到他们身边，突然停住脚步，瞧瞧阿瑟的白大褂，抓住他的肩膀。"你是医生吗？"阿瑟吃了一惊。

"不，哦，是，是的，什么事？"

"请跟我来，我在508房间遇到了麻烦。天哪，你真是来得巧！"

医学院学生向刚才从那里出来的那间病房跑过去。

"我们怎么办？"阿瑟惊惶失措地问道。

"你问我怎么办？"保罗答道，他也是惊恐万分。

"不，我是问劳伦！"

"我们去那儿吧，没有其他的选择。我来帮你。"她向他说道。

"我们去那儿吧，没有其他的选择。"阿瑟高声重复道。

"怎么，我们去那儿吧？你又不是医生，也许在我们没弄死某个人之前你就应该停止你的疯狂行为！"

"她会帮我们的。"

"啊，但愿她会帮我们！"保罗伸出两臂举向天空，"可为什么是我？为什么我也搅和在里面呢？"

他们三人一起走进508房间。见习医生站在床头，一位护士等着他们。见习医生惊恐万状地跟阿瑟说：

"病人刚才开始心律不齐，这是个严重的糖尿病患者。我不能将心律恢复正常，我只是三年级的学生。"

"这看上去够呛。"保罗说。

劳伦在阿瑟耳边悄悄说：

"撕下心脏监控仪出来的纸带，然后拿到我可以看到的位置查看它。"

"把这屋子的电灯打开。"阿瑟用命令的口气说。

他走到床的另一头，一把撕下心电仪的记录纸带。他展开纸带，掉过头去悄声问："你瞧见了吗，这儿？"

"这是心室心律不齐，他真是个饭桶！"

阿瑟一字一句地重复道：

"这是心室心律不齐，你真是个饭桶！"

保罗转动眼珠把手放在前额上。

"我很清楚这是心室心律不齐，大夫，但是怎么办呢？"

"不，你什么都不清楚，你真是个饭桶！怎么办呢？"阿瑟说道。

"问问他注射过什么药。"劳伦说。

"你给他打了什么药？"

"什么都没有！"

女护士用一种高傲的口气代替见习医生回答，可见她被见习医生激怒到何种程度了。

"我们处在惊慌失措的情况下，大夫！"

"你真是个饭桶！"阿瑟说道，"那么怎么办呢？"

"他娘的，你又不是给他上课，这个家伙眼看就要死了呢，我的朋友，哦，大夫！恶魔岛❶，咱们直接去恶魔岛就是了！"

保罗捶胸顿足。

"安静点，老兄。"阿瑟对保罗说，然后转身朝向护士，"请原谅他，他是个新来的，但只有他这一个担架夫了。"

"肾上腺素，�入两毫克，做一个中央穿刺，但要这么做，事情会复杂起来，我的宝贝！"劳伦说。

"肾上腺素注入两毫克。"阿瑟大声喊。

"还来得及！我去准备药水，大夫，"护士说，"我指望有人能控制

❶位于美国加州旧金山湾的一座小岛，曾设有恶魔岛联邦监狱，于1963年废止，现为著名观光景点。

局面。"

"然后做一个中央穿刺吗?"他用半信半疑的口吻宣布道。"会做中央穿刺吗?"他问见习医生。

"让护士去做,她会高兴得发疯,医生从来都不让她们做这事。"劳伦在见习医生回答之前说道。

"我从来没有做过。"见习医生说。

"小姐,你来做中央穿刺吧!"

"不,你来吧,大夫,我很喜欢做,但是我们没有时间了,我给你做准备。无论如何,要谢谢你的信任,我能感觉得到。"

护士走到病房的另一头去准备针和针管。

"现在我怎么办?"惊慌失措的阿瑟低声问。

"我们离开这儿,"保罗答道,"你不会做中央穿刺,旁侧穿刺也不会,什么都不会,我们赶快溜掉吧,伙计!"

劳伦说:

"你走到他面前,瞄准他胸骨下两指的地方,你知道什么是胸骨吧!要是你的位置不对我会指点你的,你把针倾斜到十五度,然后渐渐地但又要果断地刺入。如果你成功,会流出一股接近白色的液体,如果失败,流出的就是血。你试试初学者的运气。否则,我们,还有那个躺着的家伙,真的都要完蛋了。"

"我做不了这个!"他低声咕哝道。

"你别无选择,他也没有,要是你不做,他必死无疑。"

"你刚才叫我宝贝来着?还是我在做梦?"

劳伦微笑说："去吧，穿刺前先吸足一口气。"护士朝他们走过来，把穿刺针管交给阿瑟。"抓住塑料的那端，祝你好运！"阿瑟把针对准劳伦刚才告诉他的那个位置。护士全神贯注地瞧着他。"好极了，"劳伦低声说，"稍稍再斜一点，现在一下插进去。"针尖刺入病人的胸廓。"停，关闭管子这头的小开关。"阿瑟照办了。一股不透明的液体开始从管子流出来。"太棒了，你干得像大师一样，"她说，"你刚刚救了他一命。"

保罗起先两次几乎要昏厥过去，最后他低声重复念叨着："简直没法相信，简直没法相信。"糖尿病人的心脏从挤压着它的液体中解脱出来，重新恢复正常的节律。护士感谢阿瑟。"现在我来照料他。"她说。阿瑟和保罗向她道别后回到走廊。离开房间时，保罗禁不住又把头伸进房门，冲着见习医生喊道："你真是个饭桶！"

他边走边跟阿瑟说：

"刚才你真把我吓坏了！"

"是她帮了我，她把所有的步骤都悄悄告诉了我。"他低声说。

保罗点点头："我要醒了，等我以后打电话告诉你我现在正做着的噩梦的时候，你肯定会笑死的，你现在甚至想象不出你会怎样笑话我！"

"走吧，保罗，我们没有时间可以浪费了。"阿瑟接口道。

他们三人一起走进了505房间。阿瑟撳了一下开关，日光灯开始闪烁起来。他走近病床。

"来帮我。"他对保罗说。

"是她吗？"

"不，是边上的那个。那还用说，当然是她啦！把担架车靠到床边来。"

"你一辈子都在干这活儿吗？"

"就这样，把你的双手放在她的膝盖下，小心输液管。我数到'三'就把她抬起来。一，二，三！"劳伦的躯体被放到担架车上。阿瑟折拢她身上的被子，摘下输液的大瓶子，把它挂在她头顶的钩子上。

"第一阶段已经完成，现在我们赶快下去，但不要匆忙。"

"是，大夫！"保罗用调侃的腔调回答道。

"你们俩应付得很不错。"劳伦低声说。

他们向电梯走去。那位女护士从走廊的一头喊他，阿瑟慢慢地转过身去。

"什么事，小姐？"

"现在一切都正常了，要帮一把吗？"

"不用了，这儿也一切正常。"

"再次谢谢你。"

"不用谢。"

电梯门打开了，他们钻了进去。阿瑟和保罗不约而同地舒了口气。

"三个顶级时装模特陪陪，两个星期夏威夷玩玩，一辆泰斯塔·罗莎跑车，还有一艘帆船！"

"你在说些什么？"

"我的报酬，我正在和你计算我今晚的报酬。"

他们走出病人升降电梯时，大厅里已空无一人。他们快步穿过大厅，把劳伦的躯体放到救护车的后部，然后他们坐上各自的位子。

阿瑟的座位上放着那些转院的单子，还有一张即时贴："请明天打电话给我，转院材料中还少两样东西，卡伦娜（415）725 0000转2154。又及：好好干。"

救护车驶离纪念医院。

"归根结底，偷一个病人还是相当容易的。"保罗说。

"因为许多人对此不感兴趣。"阿瑟回答。

"我理解他们。我们去哪儿？"

"先回我家，然后去一个处于昏迷状态的地方，我们三个人都去那儿清醒清醒。"

救护车开上市场路，又转入范尼斯大道。驾驶室里一片寂静。

根据阿瑟的计划，他们得回他的住处去，把劳伦的躯体移到他的汽车里。保罗将借来的救护车放回他继父的修理厂。阿瑟则要从房里取出所有准备好的东西，然后驱车去卡麦尔，在那里住一段时间。药品都已经仔细地包装好，藏在通用电气大冰箱里。

他们来到阿瑟的车库前，保罗按了按大门的遥控器，什么反应都没有。

"在那些蹩脚的侦探小说中，总会遇到这样的情况。"他说。

"怎么回事？"阿瑟问。

"可是，在蹩脚的侦探小说中，会跑出一个大男子主义味更重又更不做作的邻居来，他会说：'这堆乱七八糟的东西，是什么玩意儿？'而现在的情况是你的遥控门打不开，而我继父修理厂的一辆救护车里边装着一具躯体，在你所有的邻居要带狗去撒尿的时候，这辆救护车就停在你的楼房跟前。"

"真他妈的！"

"这跟我说的情形几乎差不多，阿瑟。"

"把遥控器给我！"

保罗耸耸肩，把遥控器递给他。阿瑟烦躁地摁着按钮，门一点反应也没有。

"他还把我当成低能儿了。"

"电池没了。"阿瑟说。

"当然是电池喽，"保罗挖苦道，"所有的天才都是因为这类细节让人给逮住的。"

"我跑去找一节来，你绕着这片楼房转圈。"

"为在你抽屉里有一节电池而祈祷吧，天才！"

"别理他，上楼去。"劳伦说。

阿瑟下了车，急急忙忙爬上楼梯，一阵风似的跑进房间，开始翻所有的抽屉，他把写字桌、五斗橱、橱柜里的抽屉全都翻了个遍。但一节电池也没看到。此时保罗正绕着这幢房子兜第五圈。

"现在，要是我不被一辆巡逻警车发现，我就是这个城市里绿帽子戴得最多的家伙。"保罗低声抱怨，开始转第六个圈。这时他遇到一辆警车。"好吧，我不是乌龟，但这要让我狼狈了！"

警车在边上停下，警察向他示意放下车窗，保罗照办了。

"你迷路了吗？"

"没有，我在等我的同事，他上楼拿东西去了，然后我们把黛西开到汽车修理厂去。"

"黛西是谁？"警察问。

"救护车，这是它最后的日子，它马上要报废了，它与我十年相伴相随，要分开真是舍不得，你能理解吗？许许多多的回忆，整整一个时期的生活。"

警察点点头。他理解，他让保罗不要拖得太久。这里的居民会打电话去警察总部。这个区的人生性好奇而且容易犯疑。"我知道，我住在这里，警察先生，我带上我的同事，然后就走。晚安！"警察也祝他晚安，开着警车离开了。在车里，刚才那位警察和他的同伴说司机不是在等病人，还为此赌上了十元美金。

"他不该决定把他的旧车送走。在里面待了十年，这还是会让人伤心的。"

"是啊！但另一方面，因为市政府不给他们钱去更换设备，上街游行的也还是这同一伙人。"

"可总归有十年了，这已结成了一种关系。"

"结成了一种关系，是啊……"

房间几乎被翻得乱七八糟，阿瑟心里也一样。突然他僵立在客厅中央，思索能使他解脱困境的主意。

"电视机的遥控器。"劳伦悄悄说。

他一下惊呆了，回头望着她，然后冲向那个黑盒子。他抽掉后盖，取出那节方块电池，迅速地把它放到车库遥控器内。他跑到窗前，摁下按钮。

保罗暴跳如雷，他正准备转第九圈，这时他看见车库的门打开了。他猛地冲进去，心里祈祷着大门早点关上，不要像刚才开门那样花很多时间。"真的是电池，但他真笨！"

这时候，阿瑟下了楼梯来到车库。

"好吗？"

"你是问我还是问你自己？我要掏了你的五脏六腑！"

"你还不如帮帮我吧，我们还有活儿要干。"

"但我干这事就是为了帮你！"

他们小心翼翼地搬运劳伦的躯体。他们把她安放在后座上，输液瓶夹在两个扶手之间，给她裹上暖和的毯子，她头靠在车门上，朝车窗外面看，大家都会以为她睡着了。

"我觉得是在塔伦蒂诺的影片里，"保罗抱怨道，"你知道，那个溜走的流氓……"

"住嘴！你又说蠢话了。"

"怎么，今晚我们居然还在乎说蠢话吗？是你把救护车开回去吗？"

"你开回去。因为如果把她留在你身边，你可能会出口伤人，就这样。"

劳伦把手放到阿瑟肩上。

"别吵了，你们俩今天都不轻松。"她用平静的声音说道。

"你说得有理，我们继续干吧。"

"我有理？我可什么都没说。"保罗低声抱怨道。

阿瑟接过话说：

"你先去你继父的修理厂，我过十分钟来接你，我上楼去拿东西。"

保罗上了救护车，车库的大门这次没耍脾气就打开了，他一句话也没说就把车开走了。在联合大街的交叉口，他没看到刚才曾拦过他的那辆巡逻警车。

"让这辆车过去，然后盯着他！"那个警察说。

救护车在范尼斯大道上行驶，后面紧跟的是627市政警车。十分钟后，当救护车开进汽修厂的大院，警察们才放慢车速，重又进行他们正常的转悠。保罗对自己曾被盯梢的事一无所知。

一刻钟后，阿瑟到了。保罗走到街上，坐进萨帕车的前座。

"你去参观旧金山市容了？"

"我是因为她的缘故，车子开慢了些。"

"你估计我们天亮才能到吗？"

"正是，现在你放松放松吧，保罗。我们几乎成功了。我知道的是你刚刚帮了我一个不可估量的大忙，我不知道如何跟你说这个。而且你冒了很多危险，这我也知道。"

"好了，开车吧，我讨厌别人谢我。"

汽车驶出城市，开上280南道，很快又转向帕西菲卡开去，然后驶上1号公路。这条道路沿着海边的悬崖峭壁通向蒙特瑞海湾，再一直通往卡麦尔。去年初夏的一个早上，劳伦驾驶她那辆老凯旋车，原本打算走的也正是这条道。

　　一路的景色非常壮观，黑夜里的悬崖峭壁像一条黑色花边。一轮残月把公路轮廓勾勒出来。他们就这样在塞缪尔·巴伯小提琴协奏曲的和谐乐曲中驱车向前。

　　阿瑟已经把方向盘让给了保罗，他望着窗外。在这次旅行的终点，另一次苏醒在等待着他，是那些沉睡如此之久的众多的回忆……

也许我们该这样相爱

一块块宽阔的赭石色的土地上，矗立着意大利五针松、银松、巨杉、石榴树，还有角豆树，这些条形的土地像是一直要流入海洋似的。遍地都是被阳光烤得橙黄的荆棘。

阿瑟在旧金山大学学习建筑，二十五岁时他把母亲留下的一个小套间转卖了，然后去了欧洲，在巴黎的卡蒙多学校学习了两年。他住在马扎南街的一个单间套房里，度过了激情洋溢的两年。又去佛罗伦萨旁听了一年的课之后，他回到了自己的出生地加利福尼亚。

他怀揣着文凭，进了市里著名的建筑设计师米勒的公司，实习了两年，在现代艺术博物馆做半工。正是在那里他遇上了后来的合伙人保罗，两年后他们创办了一个建筑事务所。随着这个地区的经济发展，事务所小有名气，雇了近二十个人，保罗做"生意"，阿瑟负责设计，两人各得其所。两个朋友之间从未有过隔阂，没有任何事情，也没有任何人能够将他们彼此分开几个小时以上。

许多共同点将他们聚合在一起，对友谊的共同看法，对生活的共同见解，以及彼此相似的充满激情的童年，还有同样的缺憾。

像保罗一样，阿瑟也是由母亲抚养大的，保罗五岁时他父亲离家出走，再也没露过面。而阿瑟三岁时他父亲去欧洲，"他的飞机在天上飞得那么高最后挂在了星星上"。

他们俩都在乡下长大，都经历过寄宿生活，他们都独自长成了男子汉。

莉莉等了很久，然后服丧，至少在表面上如此。生命最初十年，阿瑟是在城市以外的地方度过的：大海边，在卡麦尔美妙乡村的附近。阿瑟给他母亲取了一个别名莉莉。莉莉在卡麦尔有座很大的房子。木结构的房子漆成白色，它俯瞰大海，跟前是座一直延伸至海滩的大花园。安托万是莉莉的一位老朋友，他住在花园住宅的一间小偏房里。莉莉接纳了这个搁浅在那里的艺术家，或者照邻居们的说法，"收留"了他。他们一起修葺花园，维修栅栏和木头屋面，几乎每年都要重刷一遍漆。晚上他们在一起长时间地交谈。对于阿瑟来说，安托万既是朋友又是伙伴，是他几年前在孩童生活中所失去的男性存在的重现。阿瑟在蒙特瑞社区上小学。每天早晨，安托万送他去学校，傍晚六点左右母亲来接他。这些年在他一生中是非常珍贵的。母亲同时也是他最好的女友。莉莉把一颗心所能够爱的全部东西教给他。有时她很早叫醒他，只是为了让他看日出，倾听一日之初的声响。她教他识别各种花的芳香。她还仅用一张树叶的图案，让他认出她所修剪的那棵树。在卡麦尔房屋边上伸展到海边的大花园里，她领着他去发现大自然里的每一处细节，某几处她使其"变得文明开化"，另一些地方她又有意随其荒芜。在绿色和金黄色两个季节里，她让他背诵那些在漫长的迁徙途中落在巨杉树梢歇息的鸟儿的名字。

在安托万充满敬意养护着的菜园里，她让他去采摘那些像是由神奇力量催生的蔬菜，“只摘那些已经成熟的蔬菜”。在海边，她让他计数海浪，它们在某些日子涌上来抚摸礁石，像是试图为它们在其他季节里的凶猛致歉。她说：“这是为了感受大海的呼吸，它的血压，它白天的脾气。”“大海投来遥远的目光，大地则承受我们的双脚。”在风和云强烈结合的时候，她告诉他如何猜测必将出现的天气，她搞错的日子少之又少。阿瑟熟悉花园中每一小块土地，他可以闭上双眼，甚至倒退着在里面行走。对他来说，没有一个隐蔽的角落是陌生的。每一处动物的洞穴都有一个名字，而每一只决定永远长眠在此的动物都有它的墓地。她尤其教会了他喜爱和修剪玫瑰。玫瑰园犹如一处散发魔力的地方。成百种芬芳在那里混合着。莉莉带他来这里，跟他讲述孩子梦想成为大人，大人梦想重新变成小孩的故事。玫瑰是他最喜爱的花。

初夏的一个早晨，天刚放亮，她就走进他的房间，坐在他枕边的床上，抚摸着他的鬈发。

“起来，我的阿瑟，起床吧，我带你出去。”

小男孩抓住母亲的手指，把它们紧紧握在他的小手里，然后转身把小脸蛋贴近她的手心。她的脸上露出了微笑，完美地表达了她此刻的温柔亲情。

莉莉的手有股芬芳的味道，它永远也不会在阿瑟的嗅觉记忆中抹去。她在理发师那里配制了好几种芬芳的混合香精，然后每天早上都涂抹在脖子上。

他的这些回忆中有一个是与芬芳的回忆联系在一起的。

"来吧，亲爱的，我们要和太阳比试一下赛跑，五分钟后在下面的厨房里和我会合。"

孩子穿上一条棉布旧裤，把一件粗羊毛衫套在肩头，然后一边伸懒腰，一边打着哈欠。他默默地穿衣，她曾教他不要打扰黎明的安静。他穿上长筒胶靴，非常清楚早饭后他们俩要去哪里。准备就绪之后，他立即来到大厨房间。

"别出声，安托万还在睡呢。"

她教他喜爱咖啡，喜爱咖啡的味道，尤其是它的芳香。

"你好吗，我的阿瑟？"

"好。"

"那么睁开你的双眼，好好看看你周围的一切。好的记忆不应该是昙花一现、转瞬即逝的。把色彩和物质都印在你的脑子里。当你成为一个男人时，这就将是你的趣味与怀念的源头。"

"但我就是一个男人！"

"我是说一个成年男人。"

"我们这些小孩和他们的区别这么大吗？"

"是的！我们大人有孩子所不知道的焦虑，也可以说是害怕。"

"你害怕什么呢？"

她告诉他大人们害怕所有的事，害怕衰老，害怕死亡，害怕他们所没有经历过的东西，害怕疾病，有时甚至害怕孩子们的目光，害怕其他人对他们的评论。

"你知道为什么你和我，我们能够相处得这么好吗？因为我不对你说谎，因为我像对一个大人一样和你说话，因为我不害怕。我对你完全信任。成年人害怕，因为他们不知道将各种可能发生的情况考虑进去。而我呢，我要教你的也正是这个。我们在这儿度过一段美好时光，它由许许多多多细节组成：我们俩，这张桌子，我们的谈话，你刚才就一直瞧着的我的两只手，这个房间的气味，这些你所熟悉的装饰，正在到来的白天的宁静。"

她站起身收拾碗碟，把它们放到搪瓷洗碗池里。然后她用海绵块擦桌子，把面包屑扫成小堆，再扫到迎上去的掌心里。门边放着一个草编的篮子，里边满是多钩垂钓线。篮子上面放着一块儿卷起来的布，里面有面包、奶酪和红肠。莉莉一只胳膊挎起篮子，一只手牵住阿瑟。

"快点，亲爱的，我们要迟到了。"

他们俩走上那条一直通往小港口的道路。"瞧瞧这些五颜六色的小船，就好像是一束大海的鲜花。"

像往常一样，阿瑟走到水里，解开小船的绳索环，把它拖到岸边。莉莉把篮子放到里面，然后上了船。

"好了，划船吧，亲爱的。"

随着小男孩船桨的忙碌，小舟缓缓地离开岸边。在海岸依旧显露在远方的时候，他把船桨放进船舱里。莉莉已经从篮子里取出垂钓线，给鱼钩挂上诱饵。像往常一样，她只为他准备好第一根饵线，余下的那些饵线，他必须独自完成。尽管这使他大倒胃口，但他还是把那些在他手指间扭来扭去的红色小虫挂在了钓鱼钩上。他把软木的钓线卷筒直接放在小船的舱底，用两只脚将它固定。他把尼龙线环绕在食指上，然后将挂满沉子的线丢入水中，沉子带着诱饵急速地沉入水底。如果这个地方不错，他很快就会钓上一条躲在岩石里的鱼儿来。

他们俩面对面坐着，已经沉默了好几分钟。她深情地望着他，用一种不同寻常的声音问道："阿瑟，你知道我不会游泳，万一我掉到水中你会怎么办？""我来救你。"孩子答道。莉莉马上就发火了："你说的话真蠢！"母亲的话这样粗暴，阿瑟一下子怔住了。

"要竭力划到岸边去，这就是你要做的！"莉莉大声叫道。

"只有你的生命才是重要的，永远不要忘记这一点，你起个誓！"

"我起誓。"受惊的孩子答道。

"你明白了，"她说着，变得平静温和起来，"你要让我淹死。"

这时，小阿瑟开始哭起来，莉莉用她的食指抹去儿子的眼泪。

"有时面对我们的欲望、渴望或者冲动，我们是无能为力的，而这就造成了一种经常性的不可忍受的痛苦。这种感情会伴随你一生，有时你会忘记它，有时它又会不停地萦绕在脑际。生活的艺术，就部分取决于我们和自己的无能为力做斗争的能力。这是困难的，因为无能为力常常会造成害怕。它摧毁了我们的反应、我们的智慧、我们的情理，为脆弱打开大门。你会面临许多让你害怕的事情，要和它们做斗争，但是不要用过于长久的踌躇去取代它们。先考虑清楚，决定后就行动！不要有怀疑，不能承担自己的选择会导致某种生活痛苦。每一个问题都可能变成一种游戏，每一个做出的决定都可以让你养成认识你自己、理解你自己的习惯。

"让世界动起来，让你的世界动起来！瞧瞧献给你的这片景色，欣赏这片海岸，它被多么细腻地精雕细琢，啊，看上去就像是一条花边。你看，太阳射出的不同光线都闪耀着各异的色彩。在风的抚摸下，每棵树以自己的速度摆动着。你简直以为创造了如此多的细节，如此丰富的世界，大自然也已感到害怕。然而大地给予我们的最美丽的事情，那种使我们成为人类的东西，则是分享的幸福。那种不知道分享的人是感情上残缺的人。你知道，阿瑟，我们一同度过的这个清晨将会铭刻在你的记忆中。将来当我不在人世时，你会重新回想起来。而且这个回忆将会带有些许甜蜜，因为我们分享了这个时光。假如我落入水中，你不需要跳下去救我，因为这会是一件蠢事。你可以做的，是向我伸出手，帮我重新爬上小船。如果你失败了而我被淹死，你也会心安理得。你会做出正确的决定，不冒无谓牺牲的风险，但是你也会尽一切努力来救我。"

在他划回岸边时，她把小男孩的头捧在手里，温柔地亲他的前额。

"我让你难受了？"

"是的，如果我在这里你就永远不会被淹死。而且，无论如何我还是会跳下水去，我相当强壮，能够把你救回来。"

莉莉像她活着时那样优雅地走了。第二天早上，小男孩走近母亲的床：

"为什么？"

站在床边的男人没说一句话，他抬眼瞧着孩子。

"我们曾经这样亲密，为什么她都没跟我说声再见？我是永远不会这样做的。你是个大人，你知道为什么吗？告诉我，我得知道。大家总是对小孩说谎，大人们以为我们很天真！那么你呢，如果你是勇敢的人，就告诉我事情的真相，为什么在我睡着的时候她就这么走掉了？"

孩子的目光有时会把你带入遥远的回忆中，面对孩子提出的问题绝不可能无动于衷。

安托万把双手放在他的肩上。

"她只能这样做，人们并没有邀请死神，它不请自来，强加在人的头上。你母亲半夜醒来，痛苦极了。她等待着日出。尽管她挣扎着要保持清醒，可她还是慢慢睡着了。"

"那这是我的错，我睡着了。"

"不，这当然不是你的错，你不该这样看事情。你想知道她没说声再见就离开的真正原因吗？"

"想。"

"你妈妈是个伟大的女性，而所有的伟大女性都想要有尊严地离去，把她们所喜爱的人留给他们自己。"

小男孩清楚地看见男人眼里的激动神色，揣想着他与母亲之间到那时为止还只是猜测的那种亲昵关系。阿瑟的目光追随着安托万的眼泪——眼泪顺着脸颊流淌，滑落到新生的络腮胡里。男人用手背擦去眼泪。

"你看到我哭了，"他说，"你也应该哭，眼泪会让悲伤远离痛苦。"

"我以后再哭，"小男孩说，"悲伤依然把我跟她联系在一起，我还想保留它。她曾是我的一切。"

"不，我的孩子，你的生活在你的前面，不是在你的记忆之中。她教你的全部东西就在于此。要尊重它，阿瑟，别忘了她昨天还对你所说的话：'一切梦想都是有价的。'你为她的去世偿付了她曾给予你的梦想的价值。"

"这些梦价钱很贵，安托万，让我一个人待着吧。"孩子说。

"可你是独自跟她在一起啊。你闭上双眼，就会忘记我的存在，激情的力量正在于此。你独自和你自己在一起，从此以后一条漫长的道路要开始了。"

"她很美，是不是？我本来以为死亡会使我害怕，但我觉得她很美。"

他抓起母亲的手。在她柔软清晰的皮肤上显露的条条青筋，像是描述了她一生的旅程：漫长、纷繁、有声有色。他靠近她的脸，缓缓地抚摸她的脸颊，然后在她的掌心吻了一下。有哪个男人的吻能够与如此深厚的爱媲美？

"我爱你，"他说，"我曾像一个小孩那样爱过你，现在你将存在于我这个男人的心间，直到永远。"

"阿瑟？"安托万说。

"嗯。"

"她留下这封信，现在我交给你。"

我的大阿瑟：

当你念这封信时，我知道在你心灵深处的某个地方，对于我有事没告诉你肯定非常生气。我的阿瑟，这是我最后一封信，也是我爱的遗嘱。

我的灵魂带着你给予我的所有的幸福飞向天空。阿瑟，当人们发觉生活踮着脚悄悄离去时，才知道生活是美妙的，实际上，生活也是在人们每天的饥渴中被意识到的。

在某些时候，它使我们怀疑一切。你永远都不要垂下双臂，我的心肝。从你出生那天起，我在你的眼里就看到这缕光线，它使你这个小孩与其他人之间有着如此大的区别。我看见你跌倒在地又咬牙爬起，在那种情况下所有的小孩大概都要哭的。这种勇敢是你的力量，但也是你的弱点。要注意：感情生来就是用来分享的，力量和勇气就像两根棍子，它们可能掉转头来对付那些对其使用不当的人。男人同样也有哭的权利，阿瑟，男人同样也知道悲伤。

从现在起，我将不在你身边回答你的那些幼稚的问题，这是因为你成为一个小男人的时刻已经到来。

在等待着你的漫长的旅途中，永远不要失去你儿时的灵魂，永远不要忘记你的梦想，它们将是你生存的动力，它们会构成你清晨的情趣和气氛。不久你会经历和你带给我的爱不同的另一种形式的爱。在这天到来时，和爱的人一起分享这种爱吧，两人经历过的梦想会形成最美好的回忆。孤独是让灵魂憔悴的花园，在这样的花园里长出的花朵没有芬芳。

爱是一种美妙的滋味，记住要接受就得给予，记住先得有自我才能爱。我的小伙子，为你自己的天性感到骄傲吧，忠实于你的良心和你的情感，好好过你的生活吧，生命对于你来说只有一次。从今以后你要对你自己和你所爱的人负责。要有尊严，去爱吧，但不要丢掉在我们分享黎明时将我们连接得如此紧密的那种目光。记住我们度过的时光：一起修剪玫瑰树，一起观察月亮，识别花的芳香，倾听房屋的声响以了解它们，这是些非常简单，有时甚至是陈旧的事情，但是别让那些尖刻的或者感觉麻木的人歪曲这些在懂得生活的人眼中是神奇的瞬间。阿瑟，这些时刻都有一个名字："惊喜"，你的生活是不是一个惊喜就全看你了。这是等着你的这一漫长旅途中最美的滋味。

我的儿子，我扔下了你，你要紧紧抓住这片如此美丽的大地啊。我爱你，我的孩子，你曾是我活下去的理由，我也知道你是多么爱我，我心平气和地离去，我为你骄傲。

你的妈妈

小男孩把信折起来放进口袋。他在母亲冰凉的额上吻了一下，靠着书柜向前走，手指在精装书籍的封面上划过。母亲曾说过："一个妈妈死了，就是一个书柜烧掉了。"他走出书房，步伐坚定，就像她教他的那样，"一个出发的男人永远不应该回头"。

阿瑟来到花园，清晨的露水倾泻着一片温馨的凉意，孩子走到玫瑰树旁跪下来。

"她走了，她不再回来修剪你们的枝叶了，如果你们能够知道，能够明白那就好了，我觉得我的两只胳膊是这么沉重。"

风儿让花朵抖擞花瓣作为回答；这时，也只是在这时，他才在玫瑰园中挥洒泪水。安托万站在门廊里，从屋子里看着这一幕场景。

"啊，莉莉，对他来说你走得太早了，"他喃喃地说，"实在太早了。从此以后阿瑟孤身一人，除你之外又有谁能进入他的世界？如果你从现在所处的地方能使出某种力量，那就为他开启通向我们这个世界的门吧。"

在花园的深处，一只乌鸦在拼命地呱呱叫着。

"啊不，莉莉，别这样，"安托万说道，"我不是他的父亲。"

这是阿瑟经历过的最长的一天。夜里很迟了，他还坐在门廊下，不去打扰这般沉闷的肃静。安托万坐在他身边，但是他们俩谁都不说话。两人各自在倾听黑夜的声音，沉浸在对往事的追忆中。渐渐地，在小男孩的头脑中，一首直到那时仍不知其名的乐曲的旋律开始跳起舞来，八分音符代替了名词，二分音符代替副词，四分音符代替动词，休止符则抹去了所有这些已经不再有意义的句子。

"安托万？"

"嗯，阿瑟。"

"她把她的音乐给了我。"

然后，孩子在安托万的怀里睡着了。

安托万就这样久久地把阿瑟抱在怀里，一动不动，害怕将他惊醒。当他确定孩子睡熟后，才把他抱回家中。莉莉走了没多久，气氛就已经发生变化。一种无法形容的共鸣：某些气味，某些颜色，为了更好地消逝，好像都变得黯淡，变得模糊不清起来。

"应当雕刻我们的记忆，固定这些瞬间。"安托万一边上楼一边低声说。他来到阿瑟的房间，把孩子放在床上，没有给他脱衣服便在他身上盖上了被子。安托万摸摸小男孩的头，然后踮着脚走开了。

去世之前，莉莉把一切都预先考虑好了。她死后几星期，安托万关闭了大房子，只留楼下两个房间供使用，他就住在那儿度过自己的余生。他带阿瑟去火车站，送阿瑟上火车去寄宿学校。阿瑟在那里独自长大。寄宿学校的生活是愉快的，教师受到尊重，有时受到爱戴。莉莉肯定早就为他挑选了最好的地方。从表面上看，这个世界里没有任何忧愁。但是阿瑟带着母亲留给他的记忆来到这里，而且在头脑中不断装填这些回忆，直到其中最小的空间都被占满为止。他养成了好好生活的习惯。根据莉莉的信条，他用永远不可改变的逻辑，制定了态度、行为和道德的准则。阿瑟是个安静的孩子，在接踵而至的青少年时期，他保留了原先的性格，还养成了一种不同凡响的观察意识。小伙子好像从来没有情绪。他是一个正常的学生，既非神童也非笨蛋。他的成绩总是略高于中等水平，而他的历史成绩则是出类拔萃的。每一年的期终考试他都能安然过关，这样一直到获得没有加评语的中学会考文凭。在行将毕业六月的一个晚上，学校的校长找到他。这位女校长告诉阿瑟，他母亲患了一种疾病，这种病在夺走人性命前会留有一段延缓期，唯一让人捉摸不定的是疾病所给予的期限的长短。她在去世的前两年曾经来找过她。他母亲花了很多时间来安排他念书的所有细节。阿瑟学习费用的支付年限已经远远超过他的成年年龄。临走前，她把好几件事委托给校长塞纳尔夫人。几把阿瑟在那里长大的卡麦尔房屋的钥匙，还有几把城里的一个小套间的钥匙，套间一直出租到上个月末，然后根据有关的规定，在他成人之日被收回。租金全部存入以他的名字开设的银行账户上，户头上还有她留给他的剩余的积蓄。这笔相当可观的存款使他不仅可以完成高等教育学业，甚至还绰绰有余。

阿瑟拿起塞纳尔夫人放在桌上的那串钥匙。钥匙圈是一个中间开槽的银制小球，上面装着极小的搭扣。阿瑟翻转小活门，小球打开了，每一面都露出一张微型照片。一张是他七岁时的照片，另一张是莉莉的照片。阿瑟轻轻地把钥匙圈合上。

"你打算在大学学哪个专业？"她问道。

"建筑，我想当建筑师。"

"你不去卡麦尔看看这个家吗？"

"不，现在还不是时候，还要过很长一段时间。"

"为什么要这样？"

"她知道为什么，这是一个秘密。"

校长站起来，同时请阿瑟也起来。当他们来到办公室门口，她将他搂在怀里，紧紧抱着他。她把一个信封塞进阿瑟手里，屈拢他的手指，让他握住信。

"这是她的，"她在阿瑟的耳边悄悄说，"是给你的，她请我在这个特定的时间把它交给你。"

校长打开办公室的两扇门，阿瑟便头也不回地走出去冲进走廊里，一只手握着那串又长又沉的钥匙，另一只手握着那封信。他拐弯上了大楼梯，这时，校长才关上办公室的门。

———❦———

汽车正在跑完这个漫长黑夜里最后几分钟的路程，车大灯照亮了道路边上橘黄色和白色的长条，在峭壁凹洞凿成的每一处弯道、沼泽与海滩环抱的每条直线之间，这两种颜色的长条互相交替。劳伦半睡半醒，保罗默默地开车，全神贯注看着路，陷入沉思。阿瑟利用这一安宁的时刻，从口袋里悄悄地拿出那封信，在房间的写字台里取那串又长又大的钥匙时，他把信塞进了口袋里。

他拆开信封，一股伴着记忆的清香从中弥漫开来，混合着母亲配制的两种香精的芬芳，这些香精原先放在一个很大的黄色水晶的长颈大肚瓶里，上面塞着一只银质磨砂的瓶塞。从信封中飘逸出来的芬芳勾起阿瑟对母亲的回忆。他把信从信封中抽出来，小心翼翼地将它展开。

我的大阿瑟：

如果你念着这封信，是因为你终于决定踏上去卡麦尔的路了，我很好奇地想知道你现在的年龄。

你的手里有那所房子的钥匙，我们在那里一同度过了美好的时光。我知道你不会立刻进到屋里，知道你会等待，直到你感到已做好准备去唤醒它。

我的阿瑟，你就要穿越这扇大门了，它的声音对我来说是如此熟悉。你会走遍每一个充满某种怀念的房间。渐渐地，你会逐一打开百叶窗，让与我久违的阳光射进屋里。你应该回玫瑰园看看，慢慢地靠近这些玫瑰。在这段时间里它们肯定又变得荒芜了。

你也会走进我的写字间，坐在里面。在壁橱里你会发现一个黑色手提箱，如果你愿意且有力量的话，那就打开它，里面装满了你儿童时代我每天写给你的日记的笔记本。

你的生活在你的面前。你是它唯一的主人，别辜负了我对你的一片爱心。

我在天上爱着你，我关照着你。

> 你的妈妈莉莉

他们来到蒙特瑞海湾时，天已破晓。天空上仿佛有一片浅玫瑰色绸缎，编织成长长的波浪状饰带，有时把大海和地平线连接在了一起。阿瑟指点道路。许多年过去了，他从未坐在车子前座走过这条路，然而每一公里的路他都感到熟悉，经过的每一处栅栏、每一扇大门都开启他儿时的回忆。在必须驶离主道时，他打了个手势。过了下一个弯道，大概就到了阿瑟家宅的边缘。保罗按阿瑟的指示开车；他们来到一条饱受冬雨敲击夏暑燥热的黄泥道上。在一个弯道的转弯处，一排锻铁打造的绿色柱廊屹立在他们面前。

"我们到了。"阿瑟说。

"你有钥匙吗？"

"我去开门，你一直开到房子那边去，在那里等我，我下车走过去。"

"她与你一道去还是待在车里？"

阿瑟俯身朝向车窗，用平稳而准确的嗓音回答他的朋友：

"你直接跟她说吧！"

"不，我不喜欢。"

"你一个人去吧，我想目前这样更好。"劳伦接过话头对阿瑟说。

阿瑟笑起来，跟保罗说："她跟你在一起，交好运的人！"

汽车开走了，在它身后掀起一串尘土。阿瑟独自一人，他凝视着周围的景色。一块块宽阔的赭石色的土地上，矗立着意大利五针松、银松、巨杉、石榴树，还有角豆树，这些条形的土地像是一直要流入海洋似的。遍地都是被阳光烤得橙黄的荆棘。阿瑟沿着道路边缘的石头台阶向前走。走到一半，他猜想着他的右边是剩下的玫瑰园。园子已经荒芜了，每走一步，许多种混合的芳香就勾起连续不断、无法克制的嗅觉上的回忆，就像卷入法兰多拉舞步，一发不可收拾。

他所到之处，蝉儿哑然住声，随后又更起劲地鸣唱起来。在清晨的微风中，大树躬身摇曳着。大海将几束波浪撞碎在礁石上。在他的眼前，屋子静静地卧着，就像在梦中留下的那个样子，他发觉房子似乎更小了，屋子正面有些破损，但是屋顶依旧完好无损。百叶窗都关着。保罗把车停在门廊前面，他走出车外等着阿瑟。

"你走下来花了不少时间！"

　　"二十几年！"

　　"我们怎么办？"

　　他们把劳伦的躯体放在底楼写字间里。阿瑟把钥匙插到锁里，毫不犹豫地径直转动门锁。也不知因何缘故，记忆所包含的部分往事，不时地突然显现出来。甚至连锁门的声音也使他觉得往事历历在目。他走进过道，打开进门左边的写字间，穿过房间打开百叶窗。他故意不去注意周围的一切，他要过一阵再来重新发现这个地方，而且他还决定要好好地经历那些瞬间。车里的货箱很快被卸下，劳伦的躯体被放在沙发上，输液瓶重新放好位置。阿瑟重新关上西班牙式的百叶窗。然后他捧起栗色的小纸箱，请保罗跟着他来到厨房："我来煮咖啡，你打开纸箱，我去烧水。"

　　他打开洗碗池上面的壁柜，从里面拿出一件模样奇特的金属制品，它由对称又对立的两个部分组成。他把两个部分各自向相反的方向旋转，将它拆开来。

　　"这是什么玩意儿？"保罗问道。

　　"这个嘛，是意大利咖啡壶！"

　　"意大利咖啡壶？"

　　阿瑟告诉他这把壶的功能，它第一个好处就是不必用纸过滤，这样香味就能更好地释放出来。先在位于中间部分的漏斗里加入两三匙咖啡粉，在下半部加满水。然后把这两部分合拢旋紧，放到火上加热。煮开的水往上升，经过装在开有小孔的漏斗里的咖啡，然后流到上面，再经过一个纤细的金属栅栏过滤。唯一的诀窍在于适时地把咖啡壶从火上移开，以免让水沸腾着溢入上半部，因为这已不再是水而是咖啡，而"沸咖啡，准完蛋！"当他结束这一通解释时，保罗吹了声口哨：

"告诉我，在这屋里煮咖啡还得是懂双语的工程师吗？"

"应当比这还多得多，我的朋友，得有天分，这完全是一种礼仪！"

保罗表示怀疑地撇撇嘴，作为对他朋友最后这句话的回答。他递给阿瑟一盒咖啡。阿瑟弯下腰，打开洗碗池下的罐装煤气，然后把煤气灶的阀门向左打开，最后转动喷火头的旋钮。

"你认为还有煤气吗？"保罗问。

"安托万从来不会让厨房里留下一只空罐的，而且我跟你打赌，在车库里至少还有两罐满满的煤气。"

保罗下意识地站起来朝门边的开关走去，将它摁下来。房间顿时充满黄色的光线。

"你是怎么让这屋子有了电的？"

"我前天给电力公司打了电话，让他们重新接通电源，如果水也让你担心的话，我也让人把它接通了。灯先关了吧，应该除掉灯泡上的灰尘，否则灯泡一热就会炸的。"

"你在哪儿学的这些，煮意大利咖啡，给灯泡除尘以免它炸掉？"

"在这儿，老兄，在这间屋里，还学了许多其他的东西呢。"

"但这咖啡，它还上不上？"

阿瑟在木桌上放了两只杯子。他把滚烫的咖啡倒入杯子里。

"等会儿再喝。"他说。

"为什么？"

"你要烫着的，还有你得先闻一闻，让芳香进入你的鼻孔。"

"你真是在用你的咖啡跟我扯淡，老兄，什么也没有进入我的鼻孔！真的没有，一点不假。'让芳香进入你的鼻孔'，上哪儿去找这些香味？"

他把嘴伸到杯子旁边，猴急地呷了一口，又立刻将少许滚烫的咖啡吐了出来。劳伦站在阿瑟的身后，用双手抱着他。她把头靠在他的肩上，在他耳边悄悄说：

"我喜欢这个地方，我在这里感觉很好，这里让人平静。"

"你刚才去哪儿了？"

"你们在谈有关咖啡的哲学时，我去整个院子里转了转。"

"那儿怎么样？"

"你在跟她说话吗？"保罗用恼火的口气打断他。

阿瑟根本没有在意保罗的问题，继续跟劳伦说：

"你喜欢吗？"

"可能会有点难吧，"她答道，"但你有秘密要向我吐露，这个地方充满着秘密，我能够在每堵墙里、每一件家具上感觉到它们。"

"如果我让你感到厌烦，你尽管做你的，就当我不在好了！"保罗嚷道。

劳伦不愿成为忘恩负义的人，她跟阿瑟悄悄地说她更喜欢单独与他在一起。她急不可待地想让他领着自己看看这些地方。她还说非常渴望他俩能谈谈。他想知道谈什么，她答道："谈谈这里，谈谈昨天。"

保罗等待着阿瑟最终垂顾，和他谈话，阿瑟却好像重新介入与他那看不见的伙伴的交谈之中了，他决定打断他们。

"好吧，你还需要我吗？否则我就回旧金山，办公室还有些活儿要干。还有你和鬼魂的谈话让我不自在。"

"你头脑别这么闭塞，好不好？"

"你说什么？我大概没听清楚。你刚刚说什么来着？这家伙用偷来的救护车，帮你在星期天晚上去医院偷了一具躯体，他现在喝着意大利咖啡，远在离开他家四小时路程的地方，整夜都没合眼，你对他说头脑不要这么闭塞？你是充了氦气了吧！"

"这不是我刚才想说的意思。"

保罗不知道阿瑟刚才想说什么，但是他更喜欢在他俩吵嘴前回去。"因为这种事有可能发生的，你知道，而考虑走到这一步所付出的努力，这将是令人惋惜的。"阿瑟很担心，想知道他的朋友重新上路是否太累。保罗让他放心，有了这杯他刚喝下的意大利咖啡（他挖苦地强调这个词），他至少拥有二十小时的续航时间，在此期间疲劳不敢爬上他的眼皮。阿瑟没有嘲笑他。而保罗则对把没了汽车的朋友留在这栋废弃的屋子里感到担心。

"车库里还有一辆福特旅行小汽车。"

"你这辆福特车，最后一次用是在什么时候？"

"很久了！"

"它还开得动吗？"

"当然，我给它换个蓄电池，它就会跑了。"

"当然！但不管怎样，如果你在这里抛锚，你自己摆脱困境，我这一夜可是付出相当多了。"

阿瑟陪保罗一直走到汽车旁。

"别再为我担心，你已经为我担了很多心了。"

"我当然要为你担心啦。在正常的时候我将你单独扔在这座屋里，都会生怕遇见鬼魂呢，可你倒好，还带着你的那个鬼魂！"

"走吧！"

保罗启动了发动机，临走前他摇下车窗。

"你肯定一切都没问题吗？"

"我肯定。"

"好吧，那我走了。"

"保罗？"

"什么事？"

"谢谢你做的这一切。"

"没什么。"

"不，你做了很多。在没弄明白全部事情前，你为我冒这么大的风险，不为别的，只是出于忠诚和友谊，你真的做了很多，我明白。"

"我知道你明白。好啦，我走了，否则要眼泪汪汪了。好好照顾你自己，给我办公室打电话，告诉我消息。"

阿瑟答应他，萨帕车便迅速消失在丘陵后面，劳伦走到台阶上。

"怎么样，"她说，"我们去像房主一样转一圈，好吗？"

"先转里面还是外面？"

"首先要问一下，我们在哪儿？"

"你在莉莉的屋里。"

"谁是莉莉？"

"莉莉是我母亲，我一半的童年是在这儿度过的。"

"她走了很久了吗？"

"好久了。"

"而你却从来没有返回过这里？"

"从来没有。"

"为什么？"

"进去吧！我们以后再谈，等看过地方再说。"

"为什么？"她执意问。

"因为我忘了你是骡子转世的！"

"是我才使你重新来到这个地方吗？"

"你不是我生活中的唯一幽灵。"他用一种温柔的声音说。

"回这里让你难受了。"

"不是这个话，确切地说，这对于我很重要。"

"而你这样做是为了我？"

"我这样做是因为尝试的时刻已经来临。"

"尝试什么？"

"尝试打开黑色小手提箱。"

"你可以给我讲讲这个黑色小手提箱吗？"

"这是往事的回忆。"

"你在这儿有许多往事吗？"

"几乎所有的往事，这儿曾是我的家。"

"那在这之后呢？"

"后来我让那些事尽快过去，后来我独自长大了许多。"

"你母亲是突然去世的吗？"

"不，她死于癌症，她自己知道这病，只是对于我来说这事来得太快。你跟我走，我带你去看看花园。"

他们俩沿着台阶走出去，阿瑟把劳伦一直带到靠着花园的海边。他们在岩石边坐下。

"你要知道，我和她坐在那边一起度过多少时光啊！我点着浪花和她打赌。我们经常来看落日。傍晚的时候，这里许多人都在海滩上聚半小时，观赏这一美景。这景致每天都不一样。由于海洋的温度和空气的不同，还有很多因素，天空的颜色从来都不相同。城里人回家按时收看电视新闻，而这里的人却出门看日落，这是一种仪式。"

"你在这里待过很久吗？"

"那时我还是个小孩，她走时我十岁。"

"今晚你带我去看日落！"

"在这里，这是免不了的。"他笑着说。

在他们身后，房屋在晨光中开始闪闪发亮。朝海这边的墙面上的涂料已经剥落，但这所房子总的说来还是经受住了岁月的考验。从外表上看，大概没有人会相信它已沉睡如此之久了。

"它挺过来了。"劳伦说。

"安托万是个维修狂：园丁、工匠、渔夫、保姆、看家人，样样都是。他是个失败的作家，妈妈收留了他。他住在一间小小的偏房里。在爸爸飞机出事前，他是我父母的一位朋友。我相信他一直都爱着妈妈，即便是爸爸还在世的时候。我猜想他们俩最终成了情人，但这是在很晚以后。对于情人这事，她在生前承受着它，而他则在她死后承受着它。无论如何只要我还醒着，他们俩就很少说话，但是他们又是出奇地默契。他们仅凭眼神就彼此明白。在共同的沉默中，他们医治生活中的暴风骤雨所留下的创伤。在两个生命之间笼罩着一种令人困惑的平静。就好像他们俩都已皈依宗教，永远不再发怒生气，永远都逆来顺受。"

"他后来呢？"

他隐居在现在放着劳伦躯体的写字间，他比莉莉多活了十年。安托万是在维修房子时走完他生命的历程的。莉莉给他留下钱财，她事先准备好了一切，甚至连难以预料的事情都考虑到了做法。在这方面安托万与她相似。他于初冬的一天在医院去世。一天早晨，阳光照耀，凉意袭人，他醒过来时就感觉很累。在给大门铰链上油时，一阵隐隐约约的疼痛慢慢透入他的胸膛。他在树木间行走，突然感到缺少氧气。春夏时期他都在那棵老松树下小憩，当他不能坚持而倒下去时，便倒在这棵老松树旁。他被疼痛击倒在地，但他一直爬回家中，向邻居呼救。他被送到蒙特瑞医疗急救中心，入院后的第一个星期，他在那里去世了。别人本来都会以为他已准备好出行。他死后，家庭的公证人联系上阿瑟，征询他处置家产后事的意见。

"他跟我说，在走进屋子时他都惊呆了。安托万什么都料理妥当，就像他生病那天要出门旅行一样。"

"这也许是他心里想的？"

"安托万？出门旅行？不可能，让他去一趟卡麦尔买点东西就已经颇费口舌，而且在几天前就得跟他讨价还价。不可能，我想他具有老象的那种天性，他感觉自己时辰已到，或者也许他对生活感到厌倦而自我遗弃。"

为了解释他的观点，他还引用他母亲有一天在回答他提出的有关死亡的问题时说的话。当时他想知道大人们是否害怕，她用下面这段他铭刻在心的话回答道：

当你度过愉快的一天，当你起个大早陪我去垂钓，当你奔跑着和安托万一起修剪照料玫瑰树，到了夜晚你筋疲力尽，最后，尽管你讨厌去睡觉，你会幸福地钻进被窝很快入睡。这样的夜晚你不会害怕入睡。

生活和这些日子的某一天有点类似。当它开始得早，人们会体会到某种心安理得。而对自己说，将来某一天自己要歇下来。因为随着时间的推移，也许我们的躯体会把那些更为不易的事情强加给我们自己。一切都变得更加困难，让人觉得很累，于是，永远睡去的想法便不再像原先那样可怕。

"妈妈那时已经病了，而且我想她明白自己在说什么。"

"那你怎么回答她？"

"我紧紧抓住她的胳膊问她是否很累。她笑了笑。总之，这一切都是为了说明我不相信安托万是出于抑郁而厌倦生活，我相信他已经到达了一个智者的境界。"

"就像那些大象一样。"劳伦低声说道。

他们走回屋子。阿瑟突然改了道，他觉得已做好走进玫瑰园的准备。

"那边，是我们要去的这个王国的心脏：玫瑰园！"

"为什么是这个王国的心脏？"

正是那个地方！莉莉对她的玫瑰简直发了疯。这是阿瑟所见到她和安托万有过口角的唯一原因。"妈妈了解每一朵花，你休想剪掉一枝而不让她知道。"玫瑰园里的品种多得不可想象。她从花卉目录上订购插条，以种植全世界各种玫瑰为荣。尤其是说明书上写明植物开花所必需的气候条件与这里迥然不同时，她更是感到荣耀。那成了让园艺理论站不住脚和成功培育花卉插条的一种赌注。

"这里面有这么多品种的玫瑰吗？"

阿瑟曾经清点过，有一百三十五种。有一回，天上下起倾盆大雨，他母亲和安托万半夜爬起来，他们跑到车库里，从里面取出一块可以轻易遮盖十米宽三十米长的篷布。安托万急急忙忙地把雨篷的三个角固定在三个大木桩上，他们俩一个站在板凳上，另一个站在网球裁判椅上，伸长手臂扯住最后一个角。一旦这把巨伞因积雨过多而太沉重时，他们便抖动篷布，就这样他们在黑夜里守了好一段时间。暴风雨持续了三个多小时。

"我敢肯定，即便是家里着了火，他们也不会如此紧张。你可惜没有在第二天看到他们俩，大家都说是两个遭遇海难的人。但是玫瑰园却被保住了。"

"瞧，"劳伦边说边走进花园，"还有很多很多玫瑰！"

"是的，这些是野玫瑰，它们不怕阳光也不怕雨淋，如果你想摘花，最好戴上手套，它们的刺很多。"

他们俩花了好长时间来发现和重新发现这座环绕着房屋的大花园。阿瑟把那些他曾在树皮上留下刻痕的大树指给劳伦看，在栽有一棵意大利五针松的转弯路口，他告诉她这是自己以前跌断锁骨的地方。

"你怎么弄的？"

"我成熟了，就从树上掉下来了呗！"

白天在不知不觉中过去。此时，他们又回到海边，坐在礁石上，欣赏来自世界各地的人们前来观看黄昏落日的场面。劳伦张开双臂，欢呼道："米开朗琪罗今晚要唤起灵感了！"阿瑟朝她看看，微笑起来。夜幕很快降临了。他们回到屋子里。阿瑟"照料"劳伦的躯体。随后他吃了点晚饭，两人便来到小客厅里，阿瑟点燃壁炉里的火。

"黑色手提箱是什么东西？"

"什么都逃不过你的眼睛！"

"不，我只是听到罢了。"

"黑色手提箱属于我妈妈，她把她所有的信件、所有的记忆都收藏在里面。实际上，我以为这只箱子包含了她一生的主要部分。"

"'你以为'是怎么回事？"

黑色手提箱是个秘密。整座房子都属于这个秘密。只有存放手提箱的壁柜除外。家里的规矩是不许去碰它。"而且我向你保证，我没冒过这个险！"

"箱子在哪儿？"

"在隔壁写字间。"

"你从来没有为了想打开它而回来过？我很难相信！"

黑色手提箱可能包含了他母亲的一生，他从来不愿意让这一时刻加速到来。他曾立誓说要等到成年，等到完全做好打开箱子、明白真相所冒风险的心理准备时再说。面对劳伦因疑团重重而皱起的眉头，阿瑟承认道："好啦，说实话这是因为我心里一直害怕。"

"为什么？"

"我也不清楚，害怕这会改变我心目中一直保留着的她的形象，害怕让悲伤充斥心头。"

"去把它找来吧！"

阿瑟没动。她坚持要让他去把手提箱找来，他用不着害怕。如果莉莉把她的一生全都放进一只手提箱，这是为了在某一天让她的儿子知道她是谁。她不会喜欢他生活在对过去形象的回忆中："爱的风险，在于既爱优点又爱缺点，它们是不可分割的。你害怕什么呢？害怕评判你的母亲吗？你没有法官的灵魂。你不能对手提箱所含的内容永远一无所知，这有违她的本意……她把这个箱子留给你，是为了让你了解她的一切，为了延长生命所没能留给她的时间，为了让你不仅仅作为一个孩子，而是用你一个男子汉的眼和心，去真正地认识她！"

阿瑟对她刚说的这番话考虑了一会儿。他两眼瞧着她，站起身来，走到写字间，打开神圣的壁柜。他凝视着眼前那个放在搁板上的黑色小手提箱，然后抓起磨旧了的把手，将它从过去带回到现在。回到小客厅，他盘起腿坐在劳伦身边，他们俩互相瞧瞧，像是刚发现红胡子的珠宝匣的两个孩子。阿瑟深吸一口气，打开两个弹簧锁，箱盖打开了。里面装满了大大小小的信封，信封中放着信件照片，一架阿瑟在母亲节送给她的用面粉烤制的小飞机，一个橡皮泥做的烟缸，这是一个圣诞节的礼物，一条式样普通的贝壳项链，一把银制的匙子，还有他婴儿时穿的绒线鞋。真是一个阿里巴巴的洞穴。在手提箱上面，有一封折叠起来用别针封住的信。莉莉用大写字母粗大地写着"阿瑟"两个字。他拿起信，把它拆开。

我的阿瑟：

你终于回到了你的家。时间会愈合所有的伤口，尽管它会给我们留下一些疤痕。在这只手提箱里，你会发现我所有的回忆，那些来自你的回忆，那些在你之前的回忆，所有那些我没能够和你讲述的回忆，因为你那时还是个小孩。你会用另外一种眼光发现你的母亲，你会学到很多东西，我是你的妈妈，我也是个女人，有我的担心、我的怀疑、我的失败、我的遗憾，还有我的胜利。为了把所有这些我慷慨献上的建议给予你，我也不得不骗我自己，而这于我也是经常发生的。父母是孩子试图跨越的大山，孩子并不知道有朝一日他们自己也要承担起父母的角色。

你知道，没有比抚养一个孩子更复杂的了。人整个一生都在给予所有他认为是正确的东西，而且清楚自己也在不断弄错。但对于大多数做父母的来说，一切都只是爱，即使人们有时不能自制，阻止某种自私自利。生活也并不是一种神圣的职业。在我合上这只小箱子的那天，我担心让你失望。我没有给你留下时间，让你有青少年时期的评判。我也不知道当你读这封信时已经几岁。我想象你是个年轻英俊的三十岁男人，也许更年长些。上帝啊，我真想这些年生活在你身边。一想到早晨你睁开双眼我却不能再看见你，当你呼唤我的时候我却不能再听见你的声音，这令我多么空虚。假如你知道这一切就好了。比起让我离你如此遥远的痛苦，这种想法更让我万分痛苦。

我一直爱着可爱的安托万，但是我却没有经历这段爱。因为我害怕，害怕你父亲，害怕让他难受，害怕毁掉我已建立的这一切，害怕承认自我欺骗。我害怕已建立的秩序，害怕重新开始，害怕这段爱情失败，害怕所有这一切都只是一场梦。不能这样生活是一场噩梦。白天黑夜我都想着他，但我又禁止自己这样做。当你父亲去世时，这种害怕依旧持续着，害怕背叛，为你害怕。所有这一切都是一个巨大的谎言。安托万爱着我，就像所有的女人幻想着在一生中至少有一次被人爱那样。但由于一种极度的怯懦，我又不知道怎么将爱回报于他。我原谅自己的软弱，沉溺于这不名一文的情节剧中，并不知道怎么我的生命正在飞快地流逝，而我自己却与它失之交臂。你父亲是个好人，但是安托万在我眼里则是个独一无二的人。没有人像他那样看着我，没有人像他那样跟我说话，在他身边任何灾祸都不会近我的身，我感到一切都受到保护。他明白我的每一个愿望、每一种欲求，从不停止去满足它们。他的生命建立在和谐、温柔和乐于奉献之上。在我寻求斗争、作为生存理由的地方，他恰到好处地予以付出，但对于接受之道却一无所知。我心里害怕，我强迫自己相信这种幸福是不可能的，相信生活不可能这样甜蜜。我们在一个晚上做爱，你那时五岁。我有了身孕，但我没有将孩子留住，这事我从未告诉过他。不过我肯定他知道这事。他从我这里能猜到一切。

今天，由于我所碰到的事，这样也许更好。但我也想到，如果我自己能够心境平和，这个病也许不会恶化。我们这么多年都生活在我的谎言的阴影中，我虚伪地对待生活，而生活对于这点也不予以原谅。你对你妈妈已经知道更多了，我曾犹豫向你诉说这一切，再次害怕你的评判。但我不是曾教导过你，最糟糕的谎言是自欺欺人吗？有许多事我都想与你一起分享，但是我们没有时间，安托万没有抚育你是由于我，由于我所有的无知。当得知自己生病时，要走退路为时已晚。你在这堆我留给你的杂乱的东西里会发现许多东西，你的相片、我的相片，还有安托万的，他的书信，你别读它们，那是属于我的，这些信放在这里是因为我从未能决定让它们与我分开。你会问为什么没有你父亲的照片，那是因为在一个愤怒和失望的夜晚我把它们全撕了，我对我自己生气⋯⋯

我已尽了全力，我的爱，我这女人所能做的一切，伴随着所有的优点和缺点。但你要知道你是我的生命，是我活着的全部理由，是我一生中最美丽最激动的事情。我为你有一天能体验为人之父这种独一无二的感觉而祈祷，你会明白很多事情的。

我这辈子最大的骄傲是做你的妈妈，你永远的妈妈。

我爱你。

莉莉

阿瑟把信重新叠好放回箱子里。劳伦看见他哭了。她走近他，用食指擦掉他的眼泪。阿瑟吃了一惊，他抬起双眼，在她温柔的目光中他所有的痛苦都消融了。劳伦的手指像晃动的钟摆一般滑向他的下颌。阿瑟也将手放到她的脸颊上，随后滑到她的脖子周围，让她的脸贴近自己的脸。当他们的嘴唇轻轻相触时，她后退了。

"你为什么要为我做这些，阿瑟？"

"因为我爱你，而这跟你无关。"

他抓住她的手，把她带到屋外。

"我们去哪儿？"她问道。

"去海边。"

"不，在这里，"她说，"就现在。"

她站到他面前，替他解开衬衫纽扣。

"但是你怎么做，你不能够……"

"不要问，我不知道。"

她把衬衫从他肩上解下，双手伸到他的背上。他感到不知所措，该如何给一个幽灵宽衣解带呢？她微笑着，闭上眼睛，立刻就一丝不挂了。

"我只要想到一种式样的连衣裙，立刻就能穿到我的身上。要是你知道我是怎样利用这点的，该有多好哇……"

在房屋的门廊下，她缠绕在他身上，亲吻他。

男人的身体进入了劳伦的灵魂，女人的灵魂也进入了阿瑟的身躯，拥抱的时刻，就像日食的魔力……箱子打开着。

海边的卡麦尔

黄昏时分劳伦站在阳台上，凝视着这幕场景。海水变成灰色，驱赶着一堆堆交织着荆棘的海藻。天空转成淡紫色，最后黑了下来。她感到幸福，当大自然终于决定突然发怒的时候，她很喜欢。

皮尔盖茨探长上午十一点来到医院。值班护士长早上六点钟一上班便打电话给警察局。一个深度昏迷的女病人从医院消失了，这是一起绑架案。

皮尔盖茨上班时在他办公桌上发现这份通知，他耸耸肩自问为什么这种事总是落到他的头上。他在警察局负责分派任务的娜塔莉亚面前大声抱怨。

"我做了什么事得罪你了吗，我的美人？你要在星期一的一大早把这样的事摊到我的头上？"

"这星期刚开始你本来可以把胡子刮得干净些。"她答道，脸上露着不合时宜的微笑。

"你的回答很有趣，我希望你爱你的转椅，因为我感到你一下子还不会离开这把椅子！"

"你真是一座冰冷的雕像，乔治！"

"对，没错，而这正好给了我权利来选择那些要在我头上拉屎的鸽子！"

他转身走开，艰难的一个星期开始了。不管怎么说，它接上了刚刚于两天前结束的上一个星期的艰难日子。

对于皮尔盖茨来说，令人满意的一个星期该是这样的日子：警察只被叫去处理邻里纠纷或者有关遵守民法条例之类的事情。刑警队的存在是一种荒谬的事，因为这表明在这个城市里还有相当多的疯子在杀人、强奸、偷窃，而现在又绑架医院里的昏迷病人。有时他在想，经过三十年的职业生涯，他本来该说是什么都见过了，然而每星期却总有案犯把人类的疯狂推到极限。

"娜塔莉亚！"他在自己的办公桌前大声叫喊。

"什么事，乔治？"负责分派任务的女警官应道，"你周末过得很糟吗？"

"你不想给我到下面去买块煎饼吗？"

娜塔莉亚两眼牢牢地盯着警察局的记录本，嘴里咬着钢笔，她摇摇头表示不愿意。"娜塔莉亚！"他又大叫起来。她正把昨晚报告的参考资料填写到为此保留的空栏里。因为簿子上的格子太小，还因为她的上司，那个她讥讽地称之为第七"分管区"的头儿，是个有怪癖的人。她专心致志地写着蝇头小字，不敢越格子一步。她甚至连头也没抬就回答："对，乔治，你就对我说今晚你要退休吧。"他忽地起来，在她对面站着。

"这话够恶毒的！"

"你不想去买个玩意儿在上面泄泄你的火气吗？"

"不，我要在你身上泄泄我的火气，这相当于你工资单的百分之五十。"

"我要把煎饼贴到你的脸上，你知道吗，我的鸭子？"

"我们是小鸡，不是鸭子！" ❶

"你不是鸡，你是只可怕的老鸭，甚至是不能飞的老鸭，你走路也像只鸭子。好啦，干你的活儿去吧，别吵我。"

"你很漂亮，娜塔莉亚。"

"是啊，你呢，和你心境好时一样俊。"

"来吧，穿上你外祖母的背心，我带你去下面喝杯咖啡。"

"那分派工作谁来做？"

"等会儿，别动，我做给你看。"

他掉转身快步走向在大房间另一头整理资料的年轻实习生。他抱住他的双臂拖着他穿过大房间，来到门口的办公桌旁。

"就在这儿，年轻人。你坐在这把有扶手的转椅上别动，因为这位夫人曾荣升一级，所以这把椅子有两个布料扶手。你可以坐在上面旋转，但是别朝同一方向旋转两周以上。电话铃响时，你拿起听筒，说：'早上好，警察局，刑警队，我听着你说话。'你听着别人说，你把所有的内容都记录在这些纸上，在我们回来前你不要去上厕所。如果有人问你娜塔莉亚在哪儿，你就说她突然要买些女人的玩意儿，说她跑去药房了。你觉得可以办得到吗？"

"探长，为了不跟你去喝这杯咖啡，我甚至都愿意去扫厕所！"

❶西方人将警察谑称为小鸡。

乔治没有反驳，他抓住娜塔莉亚的胳膊，把她拖到楼梯上。

"这件背心，你外祖母穿上大概挺合适！"他笑着对她说。

"乔治，等他们让你退休，我干这个活儿会感到多厌烦！"

街角，一盏五十年代的红色霓虹招牌灯在吱吱作响，标着"芬悉酒吧"的发光字体，在这家老酒吧的玻璃门窗上泻下淡淡的光晕。芬悉曾有过它辉煌的日子。这个陈旧过时的场所如今只在墙上、天花板和地板上剩下一些装潢。天花板已发黄，木制的窗肚墙被时光磨得油光锃亮，夜晚相会的千万个醉步把地板踩得老态龙钟。从对面的人行道看过来，酒吧酷似霍普❶的油画。他们穿过街道，坐到木制的老吧台前，要了两杯淡咖啡。

"你星期日过得这么糟吗，我的胖熊？"

"周末我很无聊，我的美人，假如你知道就好了！我团团转，不知如何是好。"

"是因为星期日我没能跟你一起用早餐吗？"

他点点头。

"但你可以去博物馆，出去走走！"

"如果我去博物馆，我两秒钟就会逮住几个小偷，我马上又要去办公室了。"

"去看电影。"

"在黑暗中我要睡觉。"

"那么去散散步吧！"

---

❶霍普（1882—1967）：美国画家，以描绘寂寥的美国当代生活风景而闻名。

"不错，这是个好主意，我是要去散散步。这样我就不会像那种在人行道上闲逛的笨蛋了。你在干吗？没干吗，我在散步！说起周末，你和你的新情夫过得顺利吗？"

"没有什么绝妙的东西，但倒是有事可做了。"

"你知道男人的缺点是什么？"乔治问道。

"不知道，什么缺点？"

"男人要是跟你这样的女孩一起，他们就不会感到无聊。假如我年轻十五岁，我就会在你的舞伴记录簿上登记了！"

"但你比你自认为的年龄要小十五岁，乔治。"

"我可以把这话当作我们俩关系的进展吗？"

"当作恭维吧，这已经不错了。好了，我要去干活儿，你也要去医院，他们看起来惊慌失措了。"

乔治见了护士长雅可维斯基。她两眼盯着这个胡子没刮干净，身材圆胖，但不失潇洒的男人。

"这真是可怕，"她说，"从来没发生过这样的事。"

她用同样的语调补充说，董事长非常激动，他想下午见见特派员。傍晚他要向董事们通报这件事，寻求他们的帮助。"探长，你会给我们找回这个病人的吧？"

"如果你们一开始就告诉我这事发生后的全部情况，也许能。"

雅可维斯基说绑架有很大可能发生在换班时。值前半夜的护士到现在还没能联系上，但是值后半夜的护士已经肯定，在她两点钟查房时，这张床是空的。她当时还以为病人已经死了，因为照医院的规矩，病人死后二十四小时内都是让床位空着的。是雅可维斯基在她上班后首次查房时迅速发现了这一悲剧，马上报了警。

"也许是她从昏迷中苏醒过来，她讨厌这个医院，走出去逛逛，她已经躺了这么久，这是可以理解的。"

"我非常喜欢你的幽默，你的话可能会让她的母亲从中得益，她在我们科室一个负责人的办公室里，随时都会来这里。"

"哦，当然喽，"皮尔盖茨说道，一边瞧着自己的皮鞋，"如果这是一起绑架案，那么从中能得到什么好处呢？"

"这有什么关系？"护士长用恼火的口气回答，好像他们正在浪费时间。

"你知道，"他说，两眼逼视着她，那目光要多古怪有多古怪，"百分之九十九的犯罪都有它的动机。原则上说，这是因为他们不会只为了开个玩笑，在星期天晚上到医院来偷一个病人。说到这儿，你能肯定她没有被转送到另一家医院去吗？"

"我敢肯定，在接待处有转院凭单，她是被用救护车送走的。"

"哪一个公司的车？"他掏出铅笔问。

"哪一个都不是。"

今天早上来上班时，她压根儿没想到会有绑架的事。当得知505房间有一张床空出，她立即就来到接待处。"他们没有通知我就让办了转院，我感到不能容忍。而你知道在我们那个年代，尊敬上司，算了，现在谈的不是这个。"接待小姐交给她那些清单凭据，而她"立刻发现"

有可疑的地方：少了一张单子，还有，蓝色的那张单子填得也不对。

"我在想这个傻瓜怎么会受人愚弄……"皮尔盖茨想了解一下这个"傻瓜"的身份。

她叫埃马纽埃尔，昨天在接待处值班……"正是她让他们得逞了。"

乔治已经被护士长的话灌得晕乎乎的，因为出事时她并不在场，于是他记下昨夜当班的所有人的通信地址，然后向她道别。

他在汽车里给娜塔莉亚打电话，要她把所有这些人在他们去上班以前，请到警察局去。到了傍晚他已经问过所有的人，弄明白了在星期天晚上半夜时分，一个假冒医生，穿着一件从一个令人非常讨厌的真医生那里偷来的白大褂，拿着假的转院单的人来到医院，身边跟着一个救护车司机。这两个不显眼的人毫无困难地劫走了陷入深度昏迷的女病人劳伦·克莱恩小姐。一个见习医生后来的证词使他修改了这份报告：这个假大夫可能是一个真医生，他被这位见习医生喊来救援，而且给予了很有经验的协助。据参加这一意外行动的护士说，他在进行中央穿刺时所显示的精确使她以为，他应该是个外科医生或至少在急诊室工作。皮尔盖茨问，一个普通的护士是否能够进行中央穿刺，她回答说男女护士都要接受这方面操作的培训，但是不论怎样，他所做出的选择，给医学生下的指示和动作的灵巧度，都更确切地证明他属于医生这个范畴。

"怎么样，这个案子有了什么线索？"娜塔莉亚在准备离开之前问道。

"有个什么地方出了毛病，一个医生去医院劫了一位处于昏迷状态的女人。专业水平的活儿，破旧的救护车，伪造的医院单子。"

"你怎么想的？"

"也许是一起器官走私案。他们偷盗了躯体，把它运到秘密的实验室，开刀取出他们感兴趣的部位：肝、肾、心脏、肺和其他可以出售的器官，卖给一些不太谨慎但又需要金钱的诊所来赚取钱财。"

他请她去搞一份所有拥有名副其实的外科手术室，但又有财政困难的私立医院的名单。"现在已经晚上九点了，我的胖子，我很想回家，这件事可以等到明天再说，你的这些诊所，它们总不会在夜里宣布破产吧？"

"你瞧你这样容易变卦，今天早上还说把我登记在你的舞伴记录簿上，晚上你就已经拒绝和我度过一个绝妙之夜。我需要你，娜塔莉亚，帮我一把，好吗？"

"你是一把手，我的乔治，早上你可不是这副腔调。"

"不错，但现在是晚上。你帮我吗？脱掉你外祖母的背心，过来帮我吧！"

"你瞧，用这样的魅力来求助，真是不可抗拒，祝你晚上过得愉悦。"

"娜塔莉亚？"

"哎，乔治！"

"你真是美妙极了！"

"乔治，你没办法让我动心的。"

"我可不敢有奢望，亲爱的！"

"这话是你想出来的？"

"不！"

"我想也是。"

"好啦，你回去吧，我自己想办法。"

娜塔莉亚向大门走去，又转过身。

"你肯定行吗？"

"肯定，先照管你的猫吧！"

"我对猫过敏。"

"那么，留下来帮我。"

"晚安，乔治。"

她冲下楼梯，手在栏杆上滑过。

值夜班的人把他们的大本营搬到警察局一楼去了，皮尔盖茨一个人待在办公室里。他打开电脑和文件库联系。在键盘上他打下"诊所"这个词，然后点燃一支香烟，等候服务器执行寻找命令。几分钟以后，打印机连连吐出六十几页打印好的纸，皮尔盖茨粗暴地咕哝着，跑过去拣起这一摞纸，把它们放到自己的办公桌上。"好吧，就缺这个了！要确定那些可能处在贫困中的单位，只需跟一百多家本地的银行联系，请他们列一张最近十个月申请银行贷款的私人医院名单就可以了。"他高声说着。在半明半暗的办公室入口处，他听到娜塔莉亚的声音在问：

"为什么是最近十个月？"

"因为这就是警察的直觉，你为什么又回来啦？"

"因为这就是女性的直觉。"

"你真可爱。"

"然后一切都取决于你带我去哪儿吃晚饭了。你觉得抓住一条线索了吗？"

有关这案子的线索他觉得太容易了。他希望娜塔莉亚打个电话给市政巡警调度室，查一下值班记录上是否留有星期天晚上关于救护车的报告记载。"他们不会总交好运的。"他说。娜塔莉亚拿起电话机。接电话的值班警察在他的终端机上寻找，但上面没有任何报告。娜塔莉亚请他把查找的范围扩大到整个地区，可是这样屏幕上还是一无所有。值班警察表示歉意，在星期日夜晚到星期一没有任何救护车辆受到违规处罚或者检查。她请他如有新的消息立即通知她，然后挂了电话。

"很抱歉，他们什么都没有。"

"那么好吧，我带你去吃晚饭，因为银行今晚什么都不会告诉我们的。"

他们来到佩里餐馆，挑了个朝街的位置坐下。

乔治漫不经心地听娜塔莉亚说话，目光穿过玻璃墙游移着。

"我们认识多久了，乔治？"

"这是一个永远都不能提的问题，我的美人。"

"为什么呢？"

"当人们爱的时候，是不会去算的！"

"多久？"

"长得足够让你能容忍我，又不足以让你不能容忍我！"

"不对，比你说的要长得多！"

"这跟诊所没有关系。我在作案动机上遇到困难，从中能得到什么好处？"

"你见过她母亲了？"

"还没有，要明天早上。"

"也许是她，她对去医院感到厌烦了。"

"别说蠢话，不会是一个母亲干的，这冒的风险太大。"

"我的意思是她或许想结束这件事。每天去看望处在这种状况下的自己的孩子，有时你大概更喜欢这样的事了结，接受死亡的主张。"

"那你看到过一个母亲用这样的方式来杀害自己的亲生女儿吗？"

"不会，你有理，这太疯狂了。"

"没有动机，我们发现不了。"

"总还有诊所的线索吧。"

"我想这是条死胡同，我感觉不到有什么。"

"你为什么这么说？你刚才还想让我今晚和你一起干活儿！"

"我只是想让你今晚跟我一块儿吃饭！因为这是再明显不过的。他们不可能重新再来一次，这个地区的医院都会非常警惕，而且我认为一具躯体的价钱不值得冒这个险。一个肾脏值多少钱？"

"两个肾脏、一个肝脏、一个脾脏、一个心脏，总计可能有十五万美元。"

"这比肉铺子里的要贵多了，我说呢！"

"你真卑鄙。"

"你瞧这个动机同样也站不住脚啊，对于陷于困境的一家诊所来说，十五万美元根本改变不了什么。这不会是一桩涉及金钱的案子。"

"这件案子的关键或许是有没有合适的器官。"

她阐述了自己的想法：某个人的生死存亡可能取决于有没有可以移植的器官以及它的相容性，有些人由于不能及时得到他们所需的肾脏和肝脏而死去。某个有足够金融手段的人可以资助不法者去劫持一个处于不可逆转的深度昏迷的人，来挽救他的一个孩子或者他本人。皮尔盖茨觉得这个想法虽然复杂却可信。娜塔莉亚看不出她的理论哪里复杂，但对皮尔盖茨来说却是如此。这样一条线索大大加宽了嫌疑犯的范围，我们也不再非得要寻找一个罪犯。为了继续活下去或者为了挽救他的一个孩子，许多人都可能试图了结某个已经在临床上被宣布死亡的人。考虑到自己行动的目的性，主使者可能会为自己的杀人罪名开脱。

"你认为应该查找所有的诊所，来辨认一个经济上宽裕，正在等待器官捐献的病人吗？"她问道。

"我不希望这样做，因为这很敏感，而且是项巨大的工程。"

娜塔莉亚的手机响了，她说了声对不起，接通电话，专注地听着对方说话，并在餐桌纸上记下笔记，还几次向通话人致谢。

"是谁？"

"调度室值班的那个家伙，就是我刚才电话给他的那个人。"

"有什么情况吗？"

调度员想到了向夜间的巡警发一条消息，只是为了证实一下，有关救护车的事是否有一个巡逻小组看到可疑的人，但并非就此填写了值班记录。

"那怎么样了呢？"

"他这个主意真是太棒了，因为有一个巡逻小组曾拦截并跟踪一辆二战后造的救护车，这辆车昨晚在格林大街、费尔贝特街、联合大街一带兜圈子。"

"味道真香，他们怎么说？"

"他们跟随开救护车的那个家伙，他说这车在经过十年出色忠诚的服务后要退役了。他们想这司机依恋他的车，所以在最后一次开回车库前开着它再转转。"

"车是什么型号？"

"一辆福特71。"

皮尔盖茨做了个快速的心算。如果昨晚这辆用了十年要报废的车是1971年的，那也就是说它在玻璃纸里整整包了十六年，然后再拿出来使用。司机企图用花言巧语来欺骗那些警察。他抓住了这条线索。

"我还有更好的消息。"他的同事补充道。

"什么？"

"他们一直跟踪他到停车的汽修厂。他们有那个地方的地址。"

"你知道，娜塔莉亚，你跟我，我们不在一起真是件好事。"

"为什么你现在要说这个？"

"因为否则我大概总要当绿帽乌龟了。"

"你知道什么，乔治？你是个真正的傻瓜。你想现在就去那里吗？"

"不，汽修厂大概关门了。而且没有搜查令我什么都做不了。况且我更喜欢暗中察访。我并不想逮住那辆救护车，而是要逮住使用它的家伙。比起在它们的地盘上追逐兔儿，扮作游人去那儿倒更好。"

皮尔盖茨付了账，他们俩一起走上人行道。救护车遭到盘查的地方就在他们刚刚吃饭的那家餐馆旁的十字路口。乔治望着那个街角，像是在寻找一幅图像。

"你知道现在什么事能让我高兴吗？"娜塔莉亚说。

"不知道，你说给我听听。"

"你去我家睡觉，今晚我不想独自一个人睡。"

"你有牙刷吗？"

"我有你的牙刷！"

"我喜欢逗你玩，只有跟你在一起我才开心。来，我们走吧，我今晚也想跟你在一块儿。已经有好久了吧？"

"上星期四。"

"可不是。"

当他们在深夜一点半熄灯时，乔治已经有了解开这个谜的信心。而他的判断十次当中有五次是正确的。星期二这天真是收益不小。在见过克莱恩夫人之后，他排除了所有对她的怀疑，他还得知有医生已经建议结束病人的生命。法律在类似的案例中撒手不管已经有两年了。这位母亲是配合的，毫无疑问，她深为震惊。

皮尔盖茨懂得区别真诚的人和那些假装精神痛苦的人。她完全不是那种能够组织这一行动的人物。在汽修厂，他找到了受怀疑的那辆车。走进这个地方时，他很吃惊，这个修理厂专门修理急救车辆。在汽车车身修理车间里，只有一些翻修过的救护车，根本不可能在那里冒充游客。厂里有四十名机修工人和十几名管理人员在工作。总的加起来将近有五十名潜在的嫌疑犯。老板听了探长的叙述后疑惑不解，他对罪犯没有把车隐藏起来，而是乖乖开回汽修厂的动机表示疑问。皮尔盖茨回答说窃车可能会促使失主向警方报案，他们会干预这件事。车厂里的一名职工很可能介入这一案子并希望以"借用"的手法瞒天过海。剩下的是找出牵连此事的那个人。根据老板的意思，没有人介入，锁没有被撬开的痕迹，晚上没人有进入车厂的钥匙。皮尔盖茨问车间主任可能促使"借用者"选择这辆旧型号车的原因，主任向他解释说这是唯一的一辆可以像普通汽车一样驾驶的车。皮尔盖茨从中又发现了厂里有人是"这桩案子"的同党的迹象。他又问道，是否有可能某人偷了钥匙，然后在白天复制了一把。车间主任肯定地回答说："这是有可能的，在中午大门关上的时候。"这样，所有的人都成了可疑分子。皮尔盖茨让人拿走员工的材料，又着手研究一大摞在最近两年内离开车厂的职工材料。他回到警察局差不多已经是下午两点。娜塔莉亚中午吃饭休息还没回来。他开始专心致志地研究自己先前放在办公桌上五十七个栗色小纸袋里的材料。娜塔莉亚三点左右才回来，理了个新发型，而且已准备好承受他的挖苦。

"你闭嘴，乔治，你会说蠢话的。"她一进门，甚至还没放下包就嚷道。

　　他抬起埋在材料里的双眼，将她仔细打量了一番，露出一丝微笑。在他还没说什么话之前，她走近他，把食指放在他的嘴巴上，不让他吐一个字："有一个玩意儿要比我的发型让你感兴趣得多。如果你答应不做任何评论，我才对你说，同意吗？"他装出被塞住嘴巴的模样，并发出一声低沉的叫声，表示同意交易的条件。她拿开了手指。

　　"那姑娘的母亲打电话来了，她回想起一个对你的调查意义重大的细节，她让你给她回个电话。她在家里等你的电话。"

　　"但我挺喜欢你的发型的，和你很相配。"

　　娜塔莉亚笑起来，回到她的办公桌。在电话里，克莱恩夫人告诉皮尔盖茨她与那位在海滨不期而遇的年轻人之间奇怪的争论，他在安乐死这个问题上对她进行了大量的说教。

　　她详细地告诉皮尔盖茨她和这个建筑师相遇的一个次要情节：他有一次割破手之后，大概在急诊部认识了劳伦。他自称经常和她女儿一起吃饭。尽管她女儿的狗似乎跟他很熟，她还是感到纳闷：既然如他所说，他们认识已有两年，那为什么女儿从来也没有说起过他呢？这最后一个细节肯定会对调查有帮助的。"嗯啊，"探长低声咕哝道。"大体上，"他总结说，"你让我寻找一个建筑师，他两年前割破了手，你的女儿可能为他做过治疗。而我们应当怀疑这个人，因为在一次偶然的相遇中，他向你表明了反对安乐死的意见？""你不觉得这是一条重要的线索吗，这件事曾被问到过吗？""没有，确实还没有。"他挂上电话。

　　"怎么样，有什么消息吗？"娜塔莉亚问。

"你这半长的头发真的还不错。"

"知道了，这是空欢喜一场。"

他重新埋头研究他的材料，但什么眉目都没有。他有点恼火，抓起电话夹在耳朵和下巴间，拨通医院总机。接线员直到铃响九遍才接电话。

"太好了，最好还是不要和你一块儿死！"

"不错，那样的话你直接打太平间。"接线小姐针锋相对地回答。

皮尔盖茨做了自我介绍，然后问她的电脑系统可否以根据职业和受伤的类别，对急诊部的就诊情况进行查寻。"那要看你找的是哪个时期。"她回答。接着她强调说无论怎样，有关医疗机密的规定禁止她提供消息，尤其是在电话里。他冲着她猛地挂断电话，拿起风衣，向门口走去。他跑下楼梯，来到停车场，快步向他的车走去。他把旋转警灯放在车顶，拉响警笛，穿过市区，嘴里不住地骂骂咧咧。他才花了十分钟便来到纪念医院，站在接待处柜台前。

"你们请我查寻在星期日夜里从你们这儿被弄走的一个陷于昏迷的年轻女人，要么你们就在这里帮助我，不要用什么毫无价值的医疗机密来跟我扯淡，要么我去做其他的事。"

"我能帮你做点什么？"雅可维斯基问道，她刚刚出现在门边。

"告诉我你们的电脑能否找到一个割伤手指并可能让你们那个失踪的人治疗过的建筑师。"

"大约是在什么时候？"

"就最近两年吧。"

她俯身朝向电脑，在键盘上敲了几下。

　　"我们先看看收进来的人，再找一个建筑师，"她说道，"这要花几分钟时间。"

　　"我等着。"

　　电脑在六分钟之内返回了信息。在最近两年内，从未有建筑师接受过这类损伤的治疗。

　　"你肯定吗？"

　　"这是很明确的，'职业'一栏是必须填写的，因为这关系到保险以及工伤事故的统计。"

　　皮尔盖茨说了声谢谢，然后立刻赶回警察局。在路上，这件事开始纠缠他。这种纠缠能够在瞬间使他全神贯注，让他忘掉所有其他可能的线索，从此时起他感到已经抓住了调查这条链上的一个真正的环节。他拿起手机，拨通了娜塔莉亚的电话。

　　"替我查一下是否有个建筑师就住在救护车被发现的那一带。我等着，不挂电话。"

　　"是联合大街、费尔贝特街和格林大街吗？"

　　"还有韦伯斯特街，可以把查找面扩大到毗邻的两条街。"

　　"我过会儿给你回话。"她说道，把电话挂了。

　　符合这个要求的有三家建筑事务所和一位建筑师的住所，而只有那位建筑师的住所地处第一圈有关的区域。三家事务所中有一家坐落在第一条邻街，另外两家离这个事务所还有两条街。回到办公室，皮尔盖茨跟这三家事务所联系，以搞清在其中工作的员工人数。总共有二十七个人。简而言之，到晚上六点半他已有大约八十个嫌疑犯，其中也许有一个人正在等候一个捐献的器官，或者他们中有一位子女、亲戚处于相同的情况。他考虑了一会儿，然后跟娜塔莉亚说：

"我们这几天有空闲的实习生吗？"

"我们从来没有空闲的人！不然我就可以在正常的时间回家，不会像一个老姑娘那样生活了。"

"你害苦自己了，亲爱的。给我派一个人悄悄潜入这个街区的建筑师的寓所，他回来时，想办法给我拍一张照片来。"

第二天早上，皮尔盖茨得知实习生白忙乎了一阵，那个人一夜未归。

"太棒了！"他对年轻的实习警官说，"你告诉我这一夜搞到的一切有关这家伙的情况，他的年龄，是不是同性恋，是否吸毒，在哪儿工作，是否有狗，有猫，有鹦鹉，他现在在哪儿，他的教育情况，是否服过兵役，他所有的嗜好。你打电话去军队，去联邦调查局，我不管，我只想了解全部的情况。"

"但是我呢，我是同性恋，探长！"实习生带着几分自豪反驳道，"但是这并不影响你让我干的工作。"

探长沉下脸。余下的时间里他一直在确立所掌握的线索之间的综合关系，却没有一点让他感到乐观。如果说凭着一眨眼工夫的运气，救护车被识别出来，汽修厂员工中却没有一份材料可以证实某个被推定的嫌疑犯，这就要直接审视一大堆讯问记录了。六十多位建筑师要受到讯问，因为他们的工作或居住地点就在绑架之夜救护车兜圈子的那一带或附近。

他们中有个人，由于抚摸过受害人母亲牵着的狗，还表示了对安乐死的敌意，或许要受到怀疑，但严格地说这并不能确定绑架的动机，皮尔盖茨私下也承认这点。用他的话说，这是一桩"真正他妈的调查"。

星期三这天早上，太阳升起在几乎被大雾遮盖的卡麦尔上空。劳伦一早就醒了。她走出房间，以免吵醒阿瑟，她为自己不能为他做一顿哪怕是非常简单的早餐而生自己的气。但说到底，尽管事情这么反常，毕竟他可以碰她、感觉她，还可以像爱一个完全具有生命力的女人一样爱她，对此劳伦内心充满了感激。有许多现象她从未能理解，而且她也不想再去理解它们，她回想起父亲有一天对她说的话：

一切都是可能的，只有我们思维的极限把一些事物定为不可想象而已。要接受一种新的推理，常常必须解决几个方程。这是我们大脑的一个时间和极限问题。移植心脏，让三百五十吨重的飞机飞起来，在月亮上行走，诚然需要大量的工作，但更需要想象。而当我们如此博学的智者声称移植大脑，以光速旅行，克隆一个人都是不可能的，我就在想，归根结底他们从自己的极限中什么都没学会。这种极限便是预见一切都是可能的，只不过是一个时问问题，理解"这怎么会是可能的"这样一个问题。

她所经历和体验的一切都不合逻辑、不可解释，和她所有的科学文化的基础知识相悖，但那又是确确实实的。而且两天来，她和一个男人做爱，体会到自己从未体验过的感觉和激情，即便是在她生前，在灵与肉合为一体的时候，也没有这种感觉。她望着地平线上升起的那团雄伟壮丽的火球，心里想着，对她来说最重要的是这样的生活能够一直继续下去。

阿瑟在她之后不多会儿就起来了，他在床上找她，穿上睡衣走到台阶上。他头发乱糟糟的，他把手伸进头发来平复激动的情绪。阿瑟在礁石上找到她，悄悄地在她没发现之前就一把抱住了她。

"这真是壮丽。"他说。

"你知道，由于不能设想未来，我们还是再关上手提箱，生活在当下为好。你要咖啡吗？"

"我想这是必不可少的，然后我领你去看礁石前边嬉水的海狮。"

"真的有海狮吗？"

"还有海豹、鹈鹕，还有……你以前从没来过这里吗？"

"想过要来，但没来成。"

"这是相对的，这取决于你从哪个角度看问题。还有，我也认为我们应当再关上手提箱，生活在当下。"

在同一天，实习生稀里哗啦地把他找好的厚厚一摞材料放到皮尔盖茨的办公桌上。

"它能提供些什么？"皮尔盖茨还没浏览就问。

"你会失望同时又会惊喜。"

皮尔盖茨显得不耐烦，几乎到了恼火的地步，他用手轻轻拍着领带结："一二、一二，好了小伙子，我的麦克风开着，我听你说着呢！"实习生开始念他的报告：这位建筑师没有任何疑点。这是个一切正常的家伙，他不吸毒，跟邻居关系融洽，当然没有犯罪记录。他在加利福尼亚上学，曾在欧洲待过一段时间，后来回到他出生的城市定居。他不属于任何党派，没参加任何宗教派别，也不为某种事业积极活动。他缴税，交付罚金，他甚至没有因酒醉或超速驾车而被抓的事，"总之，一个使人厌倦的家伙"。

"那为什么我要惊喜呢？"

"他甚至不是个同性恋！"

"但我一点也不反对同性恋，什么乱七八糟的东西，别搅了！你报告中还有其他东西吗？"

"他原来的地址；他的照片，有点旧，我是从汽车牌照管理处弄来的，这照片有四年了，年底他得去换驾驶证；一篇发表在建筑文摘杂志上的文章；他毕业文凭的复印件；还有他银行财产和财产凭证的清单。"

"你怎么弄到这些的？"

"我有个伙伴在税务部门工作。你那位建筑师是位孤儿，他在蒙特瑞海湾继承了一幢房屋。"

"你认为他止在那边度假？"

"他在那边。而唯一会让你感到兴奋的玩意儿，也正是这座不舒适的房屋。"

"为什么？"

"因为他那边没有电话，是一座孤立偏僻的房屋，电话已有十几年不通了，又没有重新接上，我也感到奇怪。不过，他倒是在上星期五让人接通了电和水。上周末他在离开很久以后第一次回到这所房子。但这并不是一种罪过。"

"好哇，你瞧，正是最后这个情况让我高兴！"

"我成功了吗？"

"你这活儿干得不赖，如果你的头脑这样古怪的话，你肯定会成为一个好警狗子。"

"这全是从你这儿学的，我确信应当把这话当作一种称赞。"

"你可以这样认为！"娜塔莉亚接过话茬说。

"拿着这张照片去见克莱恩夫人，问问她这是不是那个在海滩上遇到的不喜欢安乐死的家伙，如果她认出他来，那我们就抓住了一条重要的线索。"

实习生离开警察局，乔治·皮尔盖茨埋头研究起阿瑟的材料。星期四的上午真是硕果累累。一开始，实习生就向皮尔盖茨汇报说克莱恩夫人明确地辨认出照片上这个人。但是，在乔治要带娜塔莉亚去吃中饭前，一条真正的消息出现在他眼前。这条消息在他眼皮下已有很长时间，但是他却没有做个比较：被劫持的年轻女性的住处与这位年轻的建筑师是同一个地址。有关迹象如此之多，建筑师便不可能与此案无关。

"你应当高兴才是，你的调查好像有了进展，对吗？为什么你板着脸？"娜塔莉亚问道，一边喝着她的健怡可乐。

"因为我看不出他的利益所在，这家伙的脸看上去挺正常的。你不会只是为了让你的伙伴们寻个开心，就这样跑到医院去偷一具陷于昏迷的躯体出来吧？你得有一个真正的理由。还有医院的人说，要搭这个中心桥，必须得有一定的经验。"

"是中央穿刺，不是搭桥。这是她的男朋友吗？"

克莱恩夫人曾保证说，他不是女儿的男朋友，而且对于这点非常肯定。她几乎确信他们不认识。

"由于这套房子的关系？"娜塔莉亚补充道。

也不是，探长答道，他是房客，而且据房屋介绍所的人说，他住到那儿纯粹是巧合。他当时正准备签约，要费尔贝特街上的一个套间。就在他签字前，是介绍所里一位殷勤的办事员，非要坚持给他介绍这套"刚刚入库"的房子不可。"你知道，这种有点卖俏的年轻爵士音乐迷，想博得顾客的信任，是会真正投入的。"

"那么他选这个地址事先并没有任何考虑。"

"没有，这完全是巧合。"

"那么真的是他吗？"

"我们还不能说。"他简洁地回答道，这些分别获取的材料中没有一点证明他卷入了此事。但是这一错综复杂的事情中紧密相连的各个环节却搅得人心神不宁。这也就是说，找不到动机，皮尔盖茨便可能什么都做不了。"我们不可能控告一个家伙，因为他几个月前租了一个女人的房间，而这个女人在这个星期初被劫持了。总之我很难找到一位肯听我的检察官。"她建议审讯他，让他在照明灯下"崩溃"。老侦探冷笑起来。

"我想象开始审讯的场面：先生，你租了一个处于昏迷的女人的房子，她在星期日晚上到星期一被劫持了。你在上星期五这一犯罪之前重新接通了你这座乡下房屋里的水和电。为什么？而那时，这家伙会两眼直直地瞪着你，跟你说他不能完全肯定听懂了你这一问题的意思。你只有坦率地说他是你唯一的线索，要是他给你来那么一下，就会把你弄得狼狈不堪了。"

"花两天时间盯他的梢！"

"没有检察官的申请，我搞来的所有东西都是毫无价值的。"

"假如你找回那具躯体而且还活着的话，情况就不同了！"

"你相信是他吗？"

"我相信你的嗅觉，我相信迹象，而且我还相信当你板着这副脸的时候，是因为你清楚已经找到了罪犯但还不知道如何逮住他。乔治，最要紧的是找到那个姑娘，尽管她处于昏迷状态，但还是一个人质。付清账单，然后去乡下！"

皮尔盖茨站起来，拥抱娜塔莉亚，在她额角上吻了一下。他在桌上放了两张纸币，然后快步走到街上。

在通往卡麦尔三个半小时的路途中，皮尔盖茨一直不停地寻找犯罪动机，还考虑了接近猎物的方法，要既不惊吓他，也不引起他的警觉。

❖

渐渐地，屋子重新有了生机。像孩子们绘的那些画，他们把颜色填在上面，又尽力不超越图画的线条，阿瑟和劳伦进到每一个房间，打开百叶窗，取下盖在家具上的布罩，打扫灰尘，将它们擦亮，又把壁橱一个个打开。慢慢地，屋子的回忆变成了现时的瞬间，生活又恢复了它的权利。这个星期四密云遮天，大海像是要打碎花园脚下那些阻拦它去路的礁石。黄昏时分劳伦站在阳台上，凝视着这幕场景。海水变成灰色，驱赶着一堆堆交织着荆棘的海藻。天空转成淡紫色，最后黑了下来。她感到幸福，当大自然终于决定突然发怒的时候，她很喜欢。阿瑟已经把小客厅、书房和他母亲的写字间收拾干净。明天，他们要整理楼上和三间卧室。

他坐在大玻璃窗台上的垫子上，瞧着劳伦。

"你知道午饭后你已经换了九次衣服了。"

"我知道，这是由于你买的这本杂志，我自己做不了决定，我觉得全都很棒。"

"你购物的方法要让地球上所有女人都羡慕了。"

"等等，你还没见过杂志当中的插页呢！"

"插页上面是什么？"

"没什么，这是一套特别的女式内衣。"

阿瑟观看为他一人表演的最性感的时装表演。此后，在爱雨过后的温柔甜蜜之中，他们的躯体和灵魂都平静下来，在黑暗中抱成一团望着大海。在海浪拍岸声的哄摇催眠下，他们终于睡着了。

皮尔盖茨天黑时才赶到。他下榻卡麦尔峡谷旅店。前台服务小姐把一个朝着大海的大房间的钥匙交给他。房间在一座有游廊的平房里，位于俯瞰着海湾的那个花园的顶部，所以他得重新驾车去那里。他正在打开旅行袋，忽然闪电撕裂了天空。他意识到自己住在只有三个半小时路程的地方，却从未给过自己时间来看看这种场面。在这一瞬间，他想到给娜塔莉亚打个电话，来分享这段时光，而不要单独一人待着。他掏出手机，吸了一口气，又将它轻轻放回去，没有去拨电话号码。

他点了一盘吃的，坐在电视机前看电视，终于顶不住困倦，不到十点钟就睡着了。

清晨，太阳醒过来，发出相当耀眼的光芒，足以恐吓所有的云彩——它们都不声不响地溜走了。在屋子的四周，一个湿润的黎明诞生了。阿瑟醒来躺在阳台上，劳伦双手握拳还睡着。睡觉对她还是件新鲜事。在最初几个月里她没能睡觉，这使她的那些日子长得出奇。在花园的顶部，乔治正躲在正门边的斜坡后，用一架长焦望远镜窥探着，这架望远镜是在他工作二十年时送给自己的礼物。上午十一点左右，他看见阿瑟在花园里朝着他爬上来。他的嫌疑人从玫瑰园拐了个九十度弯，走到车库门前打开了门。

阿瑟走进门去，迎面是一张篷布，上面积满了灰尘。他揭开罩子，露出一辆1961年生产的旧的福特旅行小汽车。在防雨布下，这辆车有种收藏车的气派。阿瑟微笑起来，想起了安托万的怪癖。他绕着车子转了一圈，然后打开左边的后门。一股旧皮革的味道冲鼻而来。他坐到后排上，关上车门，然后闭上眼睛，回想起一个冬天的夜晚，在联合广场的梅西百货门前，他看见一个穿风衣的男子，这个男子险些被他用太空枪一枪击中，在最后一刹那，是他母亲置身于射击的轴线上，用慈祥的天真拯救了这个男子。模样酷似汽车点烟器的原子裂变枪里大概还有未发射的子弹。他想起1965年的那个圣诞老人，和他的电动火车一起被夹在中央热气管道里。

他似乎听见了马达的隆隆声，他打开窗户，探出头去，感觉他的头发被从记忆中掀起的风卷起，吹向后面，他把手伸到外面，略微伸直手臂，跟车子一块儿玩耍，因为它已经变成了一架飞机，他使它倾斜来改变它的受风量，感觉它一会儿飞上车库的屋顶，一会儿又俯冲下来。

当他重新睁开眼睛时，他看见粘在方向盘上的一张小纸片。

阿瑟，如果你要启动车子，右边的搁板上有一个蓄电池充电器。在点火之前，先踩两下油门，让汽油流进来。如果它开始只稍稍转动一下，请你别见怪，这是一辆1961年的福特车，这是正常的。要是给轮胎充气，气泵放在盒子里，在充电器下面。吻你。安托万。

他从车里出来，关上车门，朝搁板走去。正是在车库的这个角落里，他看见了那条小船。他走近它，用手指轻轻地抚摸。在木头长椅下他发现了一根垂钓绳，是他的，绿色的线绕在软木盘上，线头上是一个生锈的鱼钩。他一下子激动不已，双膝发软要跪下去。他又重新挺立起来，取下充电器，打开老福特车的发动机盖，接上线头给蓄电池充电。在离开车库时，他把两扇滑动拉门开得大大的。

乔治打开记事本，写下笔记。他两眼紧盯着嫌疑人不放。他看见阿瑟在棚架下摆好桌子坐下来，吃中饭，然后收拾餐具。当阿瑟在屋子内院的阴暗处躺在靠垫上打盹儿时，他才咬了几口三明治歇一会儿。当阿瑟重新回到车库，他又开始盯梢。他听到气泵的声响，接着更清晰地传来六缸发动机的马达声，汽车在轻咳了两声后便起动了。车子开到门厅旁，乔治盯着它。他决定中止监视，去村里收集一些有关这个古怪人物的情况。晚上八点左右他回到房间，给娜塔莉亚打电话。

"喂，"她招呼道，"你在哪儿？"

"哪儿都不在。没有任何异常，或者几乎可以这么说。他独自一人，白天他弄了很多玩意儿，他擦亮家具，修修补补，午饭和晚饭后都休息一会儿。我问了那些商人。这房子是他母亲的，这女人去世已有很多年了。那木板屋原来住着园丁，一直到他死。你瞧，这些东西让我真的没有什么进展。当他母亲的房子向他啼鸣时，他有权重新把它打开。"

"那为什么又说几乎？"

"因为他的行为很奇怪。他自言自语，在饭桌上他表现得像是有两个人吃饭。有时他面对大海，胳膊抬在空中足足有十分钟。昨天晚上在屋子的内院里，他自己一个人抱着。"

"怎么这样？"

"就像他在和一个妞儿亲热，只不过他是独自一人！"

"也许他以自己的方式重新回味记忆呢？"

"在我的记事本里有许多的也许！"

"你依然相信这条线索吗？"

"我不清楚，我的美人，但无论如何他的行为里有某种奇怪的东西。"

"那是什么呢？"

"作为一个罪犯，他平静得出奇。"

"所以，你还是相信这条线索。"

"我还要过两天再回来。明天我要直接去那里转一转。"

"你要当心！"

他挂了电话，陷入沉思。

阿瑟用手指抚摸那架钢琴的键盘。虽然乐器不再有过去那种悦耳的声音，他还是弹奏了歌剧《少年维特的烦恼》里面的《月光曲》，跳过了几个过于不和谐的音符。这是莉莉偏爱的曲子。他一边弹奏一边和劳伦说话。劳伦像往常那样坐在窗台上：一条腿伸直搁在窗台上，另一条腿弯曲着，背靠着墙。

"明天我去城里买东西，我要先关上门。我们几乎什么都没了。"

"阿瑟，你打算将你所有的生活放弃多久？"

"现在必须进行这样的讨论吗？"

"我处在这种状况也许会好几年，我在想你是否明白你被牵扯到什么事情里面。你有你的工作，你的朋友、职责，你的社交圈。"

"什么是我的社交圈？我可是乡下人，我没有社交圈，劳伦，我们来这里还不到一星期，而我已有两年没用过假期了，就给我一点时间吧。"

他把她抱在怀里，装出想要入睡的样子。

"不，你有你的世界。我们都有各自的世界。两个人彼此在一起生活，仅仅互相爱恋是不够的。他们必须和谐相容，在合适的时间相会，而对于我们来说事实上并不是这样。"

"我跟你说过我爱你了吗？"他用腼腆的口气问。

"你的行动给了我爱的表示，"她说，"这比口头要好得多。"

她不相信偶然。为什么在这个星球上他是唯一能与她说话、交流的人？为什么他们会像现在这样相处？为什么她有这样的感觉：他能猜测她所有的心思？

"为什么你把自己最好的东西给我，而只从我这里得到如此之少？"

"因为你在这里，你存在着，是这样快速、这样突然。因为你的片刻工夫对于你已经是漫长无比，昨日已经过去，明天尚未到来，只有今天，只有现在才最重要。"

他补充说，除了尽其所能不让她死去外，他别无选择……

但是劳伦害怕的正是"尚未存在的事"，阿瑟为了让她宽心，和她说每一个明天都会像她心里期盼的日子一样。她将完全按照自己给予和接受的意愿生活。"对于所有的人而言，明天是一种神秘，但这神秘应当引起欢笑和渴望，而不是害怕和拒绝。"他亲吻她的眼睑，捧住她的手，把身子贴在她的背上。深夜慢慢来到他俩身边。

阿瑟正在整理老福特车的后备厢，这时他看见花园上面一道烟尘。皮尔盖茨从山道上鲁莽地开车下来，他把车停在门廊前，阿瑟双手拿着东西迎接他。

"你好，你有什么事需要帮忙吗？"阿瑟问。

"我从蒙特瑞来，房屋介绍所告诉我这座房子没人住，我要在这一带买房子，所以我就来看看。可是看上去它好像已经卖了，我来得太晚了。"

阿瑟回答说这房子不卖，这是他母亲的房子，他刚刚重新启用。考虑到炎热难忍，他建议皮尔盖茨喝一杯柠檬水，老警探谢绝了，他不想因此而将阿瑟留在家里。阿瑟一再坚持，请他坐到门廊下，让他稍等片刻。他关上旅行车的后车门，跑到屋子里拿出一个托盘，上面有两只玻璃杯和一大瓶柠檬水。

"这座房子很漂亮，"皮尔盖茨说道，"这个地方像这样的房子大概不多吧？"

"我不清楚，我回这儿没多久。"

"你怎么突然要回这儿来？"

"我想，是该回来的时候了。我在这儿长大，自从妈妈去世后，我从未有勇气回来，但突然非要这样做不可。"

"怎么，没有什么特别的理由吗？"

阿瑟有些发誓，这个陌生人提的问题过于涉及个人的隐私了，就好像他已经知道某件事情但又不愿将它挑明。他觉得自己正在受人摆布。他没有把这跟劳伦联系起来，而是想到在和一个房产推销商打交道，这些推销商企图和他们未来的牺牲品之间建立联系。

"无论如何，"他接着说道，"我永远也不和它分开！"

"你说得完全对。一所祖辈的房子不是拿来卖的，我甚至把这种出售祖辈家产的行为视为一种大不敬。"

阿瑟已经起疑，皮尔盖茨觉得到了该退一步的时候。他让阿瑟去买东西，另外，他自己也要去村里"找找另外的房子"。他热情地感谢阿瑟的招待。他们俩都站起身，皮尔盖茨上了车，发动马达，挥手示意，然后开车走了。

"他要干什么？"劳伦问道，她刚刚出现在门廊下。

"听他说，想买这所房子。"

"我不喜欢这件事。"

"我也是，但我不知道为什么。"

"你觉得他是个警察吗？"

"不，我认为我们有点偏执狂了，我看不出他们怎么能够找到我们的踪迹。我想这只是一个来摸摸底的房屋推销商或房屋介绍员。别担心。你留在家里还是一起去？"

"我去！"她说。

他们走后二十分钟，皮尔盖茨又徒步走下花园。

回到屋前，他发现大门已经上了锁，便试着在底层绕了一圈。没有一扇窗户是打开的，但只有一扇百叶窗是关上的。一个唯一关闭的房间，对于这个老侦探来说足以由此得出结论。他没有在房前久待，而是迅速回到他的车上。他掏出手机，拨通娜塔莉亚的电话号码。交谈的内容是丰富的，皮尔盖茨告诉她，目前还是既无证据又无迹象，但他本能地觉得阿瑟是有罪的。娜塔莉亚不怀疑他的洞察力，只是皮尔盖茨并未被授权进行调查，不可以去骚扰一个没有可信动机的人。他肯定解开这个谜的钥匙就在于这个动机。而对于一个表面上稳重，又不特别需要金钱的人来说，要冒这么大的风险，这个动机肯定是很重要的。但是皮尔盖茨找不到解决问题的途径。所有传统的动机都已经被考虑过了。没有一个能站得住脚。于是他想起虚张声势的一招：迅速和嫌疑犯交锋，力图出其不意地让他做出一种反应、一种态度，来证实或消除自己的怀疑。他发动汽车，开到阿瑟的宅子旁，把车停在门廊前。

阿瑟和劳伦过了一个小时才回家。阿瑟下了福特车，两眼直直地盯着皮尔盖茨。乔治向他走过去。

"两点！"阿瑟说道，"第一，这房子不卖；第二，这是私人领地！"

"我知道，再说它是否出售我根本无所谓，该是介绍我自己的时候了。"

说话间，他出示了警徽。他走近阿瑟，把脸凑到阿瑟的脸旁继续说：

"我要跟你谈谈。"

"我想这是你正在做的事！"

"要很久。"

"我有时间。"

"可以进去吗？"

"不，没有搜查令不能进！"

"你要是这么玩儿就错了！"

"你对我撒谎就已经错了，我接待了你，还请你喝柠檬水！"

"至少我们可以坐在门廊下吧？"

"可以，你先请！"

他们俩都坐在荡椅上。劳伦站在台阶前，害怕极了。阿瑟向她眨眨眼，请她放心，让她明白他控制着局面，不必担心。

"我能为你做什么呢？"阿瑟问警察。

"向我解释你的动机，正是在这点上我没搞清楚。"

"我的什么动机？"

"我对你很坦率，我知道这是你。"

"你似乎有过于简单之嫌，不错，是我，从我出生那天起我就是我，我从未患过精神分裂症。你说的是什么？"

乔治想跟他说劳伦·克莱恩的躯体，他指控他在一个同党的帮助下，使用一辆旧的救护车，在星期天夜里偷了这具躯体。他还说这辆救护车已在一家修车厂被找到。乔治继续运用他的策略，他断言躯体就在这儿，在这所房子里，确切地说，就在那唯一一间百叶窗关闭的房间里。"我所不明白的是为什么，正是这点纠缠着我。"他不久就要退休了，他认为自己不能以一个谜来结束自己的职业生涯。他想了解这件事的来龙去脉。唯一让他感兴趣的，就是搞清促使阿瑟行动的原因。"我压根儿不在乎能否把你送进铁笼。我一生都在做这样的事，把人送入牢里，让他们待几年再出来，然后又重新开始。像这样的罪，你会被判五年或者更多，我无所谓。但我想弄个明白。"阿瑟假装一点也不懂警探所说的东西。

"这具躯体和救护车是怎么回事？"

"我会尽量少占用你的时间。你是否允许我不带搜查证就参观一下那个关着百叶窗的房间？"

"不！"

"为什么，假如你没有什么要隐藏的话？"

"因为这个房间是我母亲的卧室和写字间，而且自从她死后，房间就一直锁着。这是我没有勇气重新打开的唯一的一个地方，也正因为这样，所以里面的百叶窗都闭着。这个地方已经关闭了二十多年了。只有当我做好了准备，我才会越过这扇门的门槛，即使是为了驳斥你那个荒诞离奇的故事，我也是如此。我希望我已经说得很清楚了。"

"要是这样的话，我也只好随你了。"

"那么好吧，就这样，随我好了，我得搬清后备厢里的东西。"

皮尔盖茨站起来，向他的汽车走去。开车门时他转过头来两眼直直地盯着阿瑟，他犹豫了一会儿，决定唬人唬到底。

"如果你想私下看看这个地方，这是我能理解的，那就今天晚上去吧。因为我很倔，明天傍晚我会拿着搜查令回来，那你就不再会是一个人了。当然你可以决定在晚上把躯体挪个地方。但玩起猫捉老鼠的游戏来我比你要棋高一着，我干这行已有二十年了，而你的生活会变成一场噩梦。我把我的名片放在栏杆上，上面有我的手机号码，你有什么事随时可以找我。"

"你得不到搜查令的！"

"我自有办法，祝你晚上好。"

说完他一阵风似的离开了，阿瑟就这样待了几分钟，两手叉在腰间，心乱如麻。这时劳伦打断了他的思路。

　　"应当向他承认事实，再跟他谈判！"
　　"必须尽快把你的躯体藏到其他地方。"
　　"不，我不愿意，这样已经够了！他可能会躲在某处，他会把你弄成现行犯罪的。别干了，阿瑟，这关系到你的生命，你听他说了吗，你有可能坐五年牢！"
　　阿瑟感觉得到警察在吓唬人，他手里无凭无据，他搞不到搜查令。阿瑟说明了他的解救计划：天黑时，他们从屋子前面出去，把躯体放进小船。"我们沿着海岸划行，把你藏在一个山洞里躺两三天。"如果那个警察来搜查，他就会白忙一场，他会道歉，然后不得不将此事了结。
　　"他会盯着你，因为这是一个警察，而且他很倔，"她反驳道，"如果你让他在这桩调查中赢得时间，如果你跟他谈判，用解开他谜底的钥匙换取一种安排，你还有机会从这件事情中脱身。现在就动手吧，过后就为时太晚了。"
　　"处在重要关头的是你的生命，所以今晚要转移你的躯体。"
　　"阿瑟，你应当是有理智的，这是莽撞行事，而且这太危险。"
　　阿瑟转过身去，重复道："我们今夜出海。"然后他卸下汽车后备厢里的东西，在白天剩下的时间里气氛沉闷，他们俩几乎不说话，只交换几个眼神。傍晚，她走过来，站在他前面，把他抱在怀里。他也温柔地拥抱她："我不能让他们把你抢走，你明白吗？"她明白，但不能任由他将自己牵扯进来。

他等到天黑，从朝着花园下方的落地窗出去。他一直走到礁石上，发现大海反对他的计划。巨浪滚滚，撞击海岸，使他的计划难以实施。第一个拍岸浪过来，小船就会被打得粉碎。大海像脱了缰的野马，狂风兴起，加速卷起一个个巨浪。他蹲下身，双手抱住头。

她无声无息地走近他，把手放在他的肩上，也跪了下来。

"我们回去吧，"她说，"你要受凉的。"

"我……"

"什么都别说，把这当作一种征兆吧。我们要无忧无虑地度过今宵，明天你会发现某件事，还有也许黎明时就风平浪静了。"

但是阿瑟知道公海的大风预示着一场至少延续三天的风暴的开始。发怒的大海从来不会在一夜之间平静下来。他们在厨房里吃了晚饭，然后在客厅的壁炉里点了火。他们几乎一言不发。阿瑟思前想后，想不出别的什么主意。屋外，风刮得更猛，吹弯了树木，要把它们折断。大雨敲打着窗上的玻璃，发出响亮的声音。大海向礁石的壁垒发起无情的进攻。

"以前当大自然像这样大发雷霆时，我很喜欢，但今晚这就像是《龙卷风》的电影预告片。"

"今晚你好像很忧愁，我的阿瑟，你不该这样。我们又不是在别离。你总是对我说不要去想明天，让我们利用这些依然属于我们的时间吧。"

"但现在我做不到，我不能再这样只顾眼前而不去考虑以后的日子，你怎么办？"

"我想着眼下的分分秒秒，它们是永恒的。"

她决定给他讲个故事，她说是一个替他解闷的游戏。她请他想象赢了一场大赛，其奖金是这样的：每天早上一家银行给他开一个有86,400美元的账户。既然所有的游戏都有其规则，这个游戏也有两条：

"第一条规则是你白天没有花掉的钱，晚上就被取走。你不能作弊，你不能把这些钱划到另一个账户上去，你只能花掉它们。但每天早上醒来，银行就给你开好一个新账户，重新有86,400美元，给你白天用。第二条规则：银行可以事先不通知就终止这个小游戏；在任何时候它都可以对你说游戏结束了，它关闭账户，而且也不会再有其他的了。你怎么做？"他不是太明白。

"可这是很简单的啊，这是一个游戏。每天早上醒来就给你86,400美元，唯一的限制就是要在白天花这些钱，当你睡觉的时候，没有用完的余额就被收回。但这个天上掉下来的礼物或者说这个游戏可能随时都会停止，你明白吗？那么问题是：如果你有这笔馈赠，你怎么做？"

他本能地回答说他要花费每一块美元让自己开心，并送给他所喜爱的人许多礼物。他要用好这个"神奇的银行"给予的每一分钟，给自己和他周围的人的生活带来幸福，"甚至把幸福带给我所不认识的人，因为我想我每天为自己和亲朋好友花不了这86,400美元。但你到底是什么意思？"

她答道："这个神奇的银行我们每个人都有，这就是时间！装在象征富足的羊角中一秒秒脱落的时间！"

　　每天早晨醒来时，一天86,400秒的生命就记录在我们贷方的账户上，而当夜晚我们睡觉时也没有重新转过账。在白天没有生活过的人就丧失了，昨日刚刚过去。每天早上这个游戏又重新开始，我们又重新贷入86,400秒的生命。而我们则守着这条不可绕过的规则玩耍：银行可以随时关闭我们的账户，而不用任何事先的通知：在任何时候，生命都可能停止。那么我们怎么使用每天的86,400秒呢？"生命的每一秒，难道不是比美金要更贵重吗？"

　　从她出了事故以后，她一天比一天明白，理解时间珍贵的人是如何少而又少。她向他解释这个故事的结论：你想理解生命的含义吗？一年的生命：向一个刚刚在期末考试中失败的大学生提这个问题吧。一个月的生命：一位母亲刚诞下一个早产儿，她等着孩子从保育箱里出来，能够把安然无恙的婴儿紧紧抱在怀里，去跟她谈谈吧。一个星期：问问一个在工厂或在矿山工作来养活全家的工人吧。一天：问问两个期盼着重逢又被情感弄得腼腆羞怯、惊恐不安的情人吧。一个小时：问问一个被卡在出了故障的电梯里的幽闭恐惧症患者吧。一秒钟：瞧瞧一个刚刚躲过一场车祸的人是怎么说的吧。千分之一秒：一个运动员刚刚赢得奥运会银牌，而不是他为之训练一生所想得到的金牌，问问他吧。生命是神奇的，阿瑟，而我是在深知底细的情况下跟你说这些的。因为自从我出事后，我体会到每一分每一秒的价值。所以我请求你，好好利用我们剩下的所有这些分分秒秒吧。

　　阿瑟将她搂在怀里，在她耳畔轻轻地说："和你在一起的每一秒钟比其他所有的时间都重要。"他们就这样在壁炉前搂抱着，度过了余下的夜晚。清晨他们抵御不住突袭而至的瞌睡，都睡着了。风暴没有平息，反而愈演愈烈。上午十点左右，阿瑟手机的铃声吵醒了他们俩，是皮尔盖茨打来的，他问阿瑟能否见他，他有话要跟他说，并且对昨日自己的举止行为表示歉意。阿瑟犹豫了，他不知道这人企图耍他还是真心实意。他想到这场倾盆大雨不会允许他们待在外边见面，也考虑到皮尔盖茨会利用这个理由进屋里来。阿瑟没加考虑，就请他来家吃午饭。也许是为表明他比乔治更厉害，更使人难以应付。劳伦没做任何评论，她露出一丝凄凉的苦笑，阿瑟并没有看见。

探长过了两个小时来到阿瑟家。当阿瑟为他开门时，一阵狂风猛地涌进走廊里，连皮尔盖茨也不得不帮他一起关上大门。

"这是一场飓风！"他大声叫道。

"我敢肯定你来这里不是为了谈天气的。"

劳伦跟随他们走进厨房。皮尔盖茨脱下雨衣放在椅子上，然后坐在桌前，两套餐具已经放好，一盘烤鸡丁沙拉，再加一盘蘑菇炒蛋，权当他们的午饭。另外还有一瓶那巴峡谷的葡萄酒。

"你这么接待我真是太好了，我本来也不愿给你造成所有这些精神上的苦恼。"

"探长，给我造成苦恼的是你热衷于用那个离奇的故事来烦扰我。"

"如果这些故事真的如你所说的那么离奇，那我不会烦扰你太久。好的，是这样，你是建筑师吗？"

"你已经知道了！"

"什么样的建筑？"

"我热衷于古迹修复。"

"也就是说？"

"给老建筑物重新赋予生命，保存原有的石块，在技术上将它重做调整，让它适应当今的生活。"

皮尔盖茨这一击敲得准，他把阿瑟带入一个能够引起他兴趣的话题。但皮尔盖茨发现这个话题也同样让他感兴趣。于是这个老探长便掉进了他自己设置的陷阱中。他本想引起阿瑟那方的兴趣，建立一条沟通的道路，却被他的嫌疑犯的叙述迷惑住了。

阿瑟给他上了一堂真正的有关石块的历史课，从古代建筑到传统建筑，还涉及了现代和当代的建筑。老警探着了迷，他接连不断地提问，阿瑟一一作答。他们的交谈持续了两个多小时，但他们丝毫没觉得时间很长。皮尔盖茨知道了他自己的城市在大地震后是怎样重新建立起来的，了解了他每天都看见的那些高大建筑物的历史，还有许多的趣闻逸事，它们讲述着我们所居住的这些城市和街道是如何诞生的。

咖啡喝了一杯又一杯，劳伦惊讶不已。她不动声色地加入到阿瑟和探长之间建立的奇怪的默契关系中去。

当阿瑟说到金门大桥的设计理念的当口，皮尔盖茨打断了他。他把手放在阿瑟手上，突然改变了话题。他想撇开他的徽章，跟他进行一场两个男人之间的谈话。他需要理解，他把自己描述成一个老警探，他的直觉从未欺骗过他。他感觉而且知道这个女人的躯体就藏在走廊尽头那个关闭着的房间里。可是他不明白这起劫持案的动机何在。他认为阿瑟是深得做父亲的人喜欢，都想把他作为儿子的那种类型的男人，他觉得他健全、有文化、讨人喜欢。那么，他为什么要冒这么大的风险，将一切置之度外，去偷一个昏迷女人的躯体呢？

"很遗憾，我本以为我们真的已经产生好感了。"阿瑟说着站起来。

"但情况是这样，这毫不相干，或者反过来说，这完全有关。我肯定你有真正适当的理由，而且我也打算帮助你。"

皮尔盖茨对他是完全诚实的，他开始向阿瑟吐露隐情，他今晚拿不到搜查令，他没有足够的证据。他必须去旧金山见法官，跟他协商，说服他，但他做得到。这样要耗去他三四天时间，阿瑟有足够的时间来转移躯体。但是他肯定这样的行动将是一个错误。他不知道阿瑟的动机，但是他会毁掉他的一生。如果阿瑟同意跟他谈并且告诉他解开这个谜的钥匙的话，他还可以帮助他，也打算这么做。阿瑟巧妙的回答略带某种讽刺的味道。他对于探长慷慨大方的手段和善意深有感触，不过对于他们俩经过两个小时的交谈就变得如此熟络仍旧感到惊讶。但是他也辩解道，他无法理解自己的客人。乔治突然来到他家，阿瑟接待他，请他吃饭，而他却在既无证据又无动机的情况下，固执地指控他犯下荒唐大罪。

"不，固执的是你。"皮尔盖茨反驳道。

"那么，假如我是你的罪犯，你要帮助我的理由，除了多解开一个谜之外，又是什么呢？"老警探的回答是诚恳的。在他职业生涯中他处理过不少案子。这些案子里有数以百计荒唐的动机和卑劣的罪行。但是在所有这些罪犯之间，有一个共同点，他们都是罪恶的凶手、畸形变态的疯子、有怪癖的狂人、害群之马，但是在阿瑟身上这些好像都对不上号，所以在毕生从事将那些疯疯癫癫的人送进大牢的职业之后，如果他能避免将一个被牵连进困境中的好人投入班房，"我至少能感到自己总算有一次站在了事物的积极一面。"他最后总结道。

"你真是太可爱了，我这么想就这么说，我很看重和你一块儿吃的这顿饭，但是我并没有卷入你所描绘的那种处境之中。我不会打发你走，但我有活儿要干。我们或许还有碰面的机会。"皮尔盖茨遗憾地点点头表示同意。他站起来，抓起雨衣。劳伦在两个男人谈话时一直坐在碗橱上，这时她双脚落地跳下来。他们走进通往大门的走廊，劳伦在后边跟着。

在写字间门前，皮尔盖茨停住脚步，瞧着把手。

"怎么样，你打开过你的记忆匣子吗？"

"还没有。"阿瑟答道。

"有时重新回到过去是很艰难的，这需要很大力量和勇气。"

"是的，我知道，这也是我试着寻找的东西。"

"我知道我不会搞错的，年轻人，我的直觉从不会愚弄我。"

正当阿瑟要请他离开的时候，房门把手突然开始转动，像是有人从里面开门，接着门被打开了。阿瑟转过身，惊得愣住了，他看见劳伦站在门洞里，她面带忧愁，凄凉地向他微笑着。

"你为什么要这样做？"他低声说，连气都喘不过来。

"因为我爱你。"

从他所站的位置，皮尔盖茨在同一瞬间看到了躺在床上正在输液的躯体。"感谢上帝，她还活着。"他把阿瑟丢在门口，走进房间，靠上前去，跪在躯体边上。劳伦把阿瑟搂在怀里。她温柔地亲吻他的脸。

"你不能这样，我不想让你为了我而毁了后半生，我要你自由地生活着，我要你幸福。"

"但你就是我的幸福。"

她把一个手指放在他嘴唇上。

"不，别这样，不要在这样的情况下说。"

"你在和谁说话？"老警探问道，他的声音非常友善。

"和她。"

"如果你想让我帮忙的话，你现在应该跟我解释。"

阿瑟瞧着劳伦，两眼充满了失望。

"你应该告诉他所有真实的情况，不管他信不信你，你都要说真话。"

"来吧，"他向皮尔盖茨说道，"我们去客厅，我把一切都告诉你。"

两个男人坐在长沙发上，阿瑟向他讲述全部的故事，从第一天夜里一个陌生女子藏在他套间的浴室壁橱里开始，跟他说："我要跟你说的事情不容易听懂，要接受更是万分困难，但是如果你真想听听我的故事，如果你真的愿意信任我，那么也许你最终会相信我，而这是非常重要的，因为你自己也不知道，你是这个世界上我能够与之分享这一秘密的唯一的人。"

皮尔盖茨一直听他说着，没有打断过他。夜里很晚的时候，当阿瑟说完他的故事时，皮尔盖茨从椅子上站起来，打量着对方。

"你瞧，探长，这样一个故事，让你的收藏中又多了一个疯子！"

"她在这儿，就在我们身边吗？"皮尔盖茨问。

"就坐在你对面的椅子上，她在看着你。"

皮尔盖茨摸摸他的短络腮胡，点点头。

"当然，"他说，"当然。"

"现在你怎么办？"阿瑟问。

乔治会相信他的！要是阿瑟思忖这是为什么，这很简单。因为要编造这样一个达到他所经历的冒险程度的故事，不该是个疯子，应当是个地道的白痴。而在饭桌上和他谈论起他已经服务了三十年的城市历史的这个人，并没有半点白痴的症状。"你的故事必须极其真实，你才会做所有这些事。我不太相信上帝，但我相信人的灵魂。还有，我已经到了职业生涯的尽头，所以我也特别想相信你。"

"那么你怎么办呢？"

"我能否将她放在车里送回医院？这对她没有危险吧？"

"没有，你可以这么做。"阿瑟说道，声音里充满了悲痛。

这样的话，既然乔治已经答应过，他会信守诺言的。他会把阿瑟从这一困境中解脱出来。"但是我不想和她分开，我不愿他们将她安乐死！"

这，又是另一场战斗了。"我不能包揽一切，老兄！"乔治把躯体送回去已经要冒风险了，而且只有一个晚上和路上三个小时来编造一个理由，说明找到了受害人但又没有辨认出劫持者。由于她还活着，而且也没有受过任何虐待，他想可以努力一下，让这些材料归档，将它结案。剩下的事情，他也无能为力，"但这已经很不错了，对吗？"

"我知道！"阿瑟致谢说。

"我让你们俩今晚在这里，明早八点左右我再来，请把出发前的一切都准备好。"

"你为什么要这样做？"

"我已经跟你说了，因为你让我喜欢，我很尊重你。我永远不会知道你的故事是真实的还是你幻想出来的。但是不论哪种情况，从你这方面来说，你是为了他人的利益才这样做的。有的人几乎可能被说服，认为这是正当防卫，另一些人会说这是救助身处险境的人。而我则不以为然。勇敢属于那些为善良、为至善至美而奋斗的人，在应该行动的时刻，他们从不考虑会招致的后果，勇敢属于他们。好啦，说得很多了，好好利用你们剩下的时间吧。"

警官站起来，阿瑟和劳伦跟着他。他们打开大门的时候，迎面刮来一阵狂风。

"明天见。"他说。

"明天见。"阿瑟回答，两手插在口袋里。

皮尔盖茨消失在风暴中。

阿瑟一夜未眠。清晨他来到写字间，收拾好劳伦的躯体，然后上他的房间准备行李，关上屋里的百叶窗，切断煤气和电路。他们俩都得回旧金山的家。劳伦不可以离开她的身体太久，否则会感到极度疲劳。他们在夜里已经讨论过这件事，都同意就这么办。皮尔盖茨来装运躯体时，他们也上路回去。

探长正点赶来。不到一刻钟时间，劳伦就被裹好毯子，安放到乔治汽车的后排座位上。九点钟，房屋上了锁，人去楼空。两辆车开回城里。皮尔盖茨中午时分来到医院，阿瑟和劳伦在差不多的时间回到住所。

我知道，你不会忘记

在她说话时，她外表变得透明，皮肤变得水一样清澈。他拥抱着的她的两腋，已渐渐变成虚空，他觉得她正在逐渐消逝。

皮尔盖茨遵守了他的诺言。他将完好无损的女乘客送到了急诊部。不到一个小时，劳伦的躯体又被放回她被劫走的房间。探长回到警察局，直接去了局长办公室。没有人知道他们俩谈话的内容。谈话持续了两小时，但是当探长走出房间时，他胳膊下夹着厚厚一摞材料，他朝娜塔莉亚走去。他把文件夹放到她的办公桌上，两眼直直地盯着她，命令她将这些材料归档打入冷宫，而且不得延误。

劳伦和阿瑟在格林大街的套间里安家，他们去了海滨，沿着海岸行走，度过下午的时光。由于没有任何迹象表明还要实行安乐死，所以希望由此而诞生。在经历了这些事件之后，劳伦的母亲也许改变了初衷。他们俩去佩里餐馆吃了饭，晚上十点左右才回家，观看电视里播放的电影。

生活重又恢复正常，每天都过得这样轻松。他们终于越来越经常地忘掉了让人如此担忧的那些事。

　　阿瑟时不时去他的办公室，在那里露个面，签署几份文件。余下的时间，他们俩就一起度过。去电影院，在金门大桥公园的小道上长时间地散步。有一个周末他们去了蒂伯龙，住在一个去亚洲旅游的朋友家里。另一个星期的几天里他们去海湾玩帆船，沿着海岸从一个海湾航行到另一个海湾。

　　他们在城里观看一场又一场的演出，杂耍歌舞剧、芭蕾、音乐会和戏剧，接连不断。这些时光就像在懒散的长假里一样，他们对任何东西都要去尝试一下。生活在当下的时刻里，至少有一次不去考虑未来，将明天忘却。不去想其他任何东西，只想正在过去的事情。正如他们所说，这就是秒时理论。和阿瑟交臂而过的人，看见他一个人独自说话，或者手臂横在空中，都把他当作疯子。在他们经常去的那些餐馆里，服务员都对这个人司空见惯了。他独自一人吃饭，突然会俯过身去，抓住一只大家都看不见的手亲吻，用一种甜蜜温柔的声音说话，或者在门口装出后退半步，像是让某个不存在的人先走过去一样。一些人认为他失去了理智，另一些人则想象他是鳏夫，生活在他已经去世的妻子的阴影里。阿瑟对此也不再介意，他品尝着这编织他们俩爱情之网的每时每刻。几个星期的时间，他们成了伙伴、情人和生活伴侣。保罗也不再担心，对朋友经历这场危机的既成事实他也迁就下来。劫持一事不再受到追究，使他放了心。他担当起事务所的管理工作，相信他的合伙人有朝一日会重新恢复理智，所有的事都会步入正轨。他并不着急。重要的是他视为兄长的阿瑟一切更好，或者简单地说一切都好，无论他生活在哪个世界都无关紧要。

就这样过了三个月，没有任何东西来打扰他们的相亲相爱。那件事发生在一个星期二的夜晚。他们在房间里度过一个平静之夜后，都上床去睡了。他们在搂抱做爱之后，又一起看完了两人共同阅读的一本小说的最后几行，因为必须由阿瑟来翻书。他们俩互相搂着，很晚才入睡。

大约早上六点钟，劳伦忽然从床上坐起来，大声叫着阿瑟的名字。他一下子给惊醒了，两只眼睛睁得大大的。她盘着两条腿坐着，脸色苍白，清澈透明。

"怎么回事？"他问道，声音里满是忧虑。

"快把我抱住，我求你了。"

他立刻抱住她，没等他提问，她便把手放在他长着新生胡须的脸上，她抚摸他，把手滑向他的下颌，用无限温情抚摸他的脖子。她热泪盈眶，跟他说道：

"我的爱，时辰已到，他们在抢夺我，我正在消失。"

"不！"他叫起来，把她搂得更紧。

"天哪，我真不愿离开你，甚至在开始和你一起生活之前，我就希望这样的生活永远不要停止。"

"你不能走，不要这样，顶住他们，我求求你！"

"别作声，听我说，我感到我的时间不多了。你给了我意想不到的东西。在因为你而活着之前，我没有想象过爱情能带来这么多如此简单的事情。在遇到你之前我活过的那些日子还不如我们一起度过的这些分分秒秒中短暂的一瞬。我要你永远知道我是多么爱你；我不知道我要走向哪个彼岸，但如果在别处有这样一个彼岸，我会继续像在这个世上那样爱你，用你充满我生命的所有力量和欢乐爱你。"

"我不要你走！"

"嘘，别作声，听我说。"

在她说话时，她外表变得透明，皮肤变得水一样清澈。他拥抱着的她的两腋，已渐渐变成虚空，他觉得她正在逐渐消逝。

"我的眼睛里有你微笑的颜色，"她接着说，"谢谢所有这些微笑，谢谢所有这些温情。我要你活下去，当我不在的时候，你要重新恢复你的生活。"

"没有你我活不下去。"

"不，你身上所有的东西，不要为自己留着，你应该将它给予另一个人，否则，这是太大的糟蹋。"

"别走，求求你，挺住啊！"

"我做不到，我无能为力。你知道，我不痛苦，我只是感觉你在离我而去，我像是捂着棉花听你的声音，我开始看不清你了。我是这样害怕，阿瑟。我这样害怕失掉你。再拉住我一点。"

"我搂着你，你感觉不到我了吗？"

"不再有什么感觉了，我的阿瑟。"

于是他们俩暗自默默流泪：他们更加明白了每秒钟生命的意义、瞬间的价值和一个字的重要性。他们紧紧搂抱着。在一个几分钟的长吻中，她最终消逝了。阿瑟的手臂抱住了自己——他痛苦地蜷曲身体，喊叫着大哭起来。

他整个身躯颤抖着。他的头朝两边不由自主地晃动。他的手指抓得这么紧，连手掌心都被抠出了血。他在动物般的呜咽中叫喊着"不"，喊声在房间里回响，使窗玻璃都颤动起来。他试着要站起来，但是又摇摇晃晃跌倒在地上，他双臂还紧紧抱着胸膛。他昏过去好几个小时，过了很久才恢复理智。他面容苍白，全身无力，他拖着脚步来到窗台前，这儿曾是她如此喜欢坐的地方，他扑倒在上面，目光无神。

阿瑟陷于一个空白的世界中，当这种空白回荡在头脑中的时候，他感觉到它怪怪的味道。它暗中渗入他的血管，渗入他那颗每天跳动的节律都有别于前一天的心脏之中。

最初几天里，空白在他身上引起了愤怒、怀疑、嫉妒，不是嫉妒其他人，而是嫉妒飞逝的时间、流失的光阴。这种隐隐约约的空白，逐渐渗透进来，改变了他的感情，把它们磨快、削尖，使它们变得更锋利。起初他本以为这种空白的形成是为了伤害他，但实际上却与之相去甚远，感情以它最细腻的侧面让他更好地明白道理。他感到缺乏，对许多事物的缺乏：他人，深入他肌肤的爱情，对肉体的欲求，寻找气味的鼻子，寻找肚子以便在上面抚摸的手，透过泪水只看到回忆的眼睛，寻找他人皮肤的皮肤，另一只搂抱着空虚的手，根据空白的世界所强制的节奏有秩序地蜷缩起来的每一个手指节，落下来并在空虚中晃荡的脚，所有这些他都感到缺乏。

他就这样精疲力竭，在家中度过了几个漫长的白天和同样漫长的黑夜。在绘图桌上他给一个幽灵写信，他从桌边来到床上，凝视着天花板，却又对其视而不见。他的电话被翻了个儿，话筒甩到一边已有多日，他对此也没有注意。他对这些都无所谓，从此以后他也不再等待任何电话。一切都不再重要。

在一个令人窒息的日子，他走出家门，想呼吸一点新鲜空气。那天晚上，天下着雨，他穿着一件雨衣，感到仅有一点力气去穿过街道，站到对面的人行道上去。

小街是黑白两色的，阿瑟坐在围墙的矮墙上。在由街道的轮廓勾勒出的长长的通道的尽头，那所维多利亚式的楼房静卧在它的小花园里。

在这个没有月亮的夜晚，只有一扇窗户还泻着一丝光线，那是他客厅的窗。雨已经止住，但他依旧浑身潮湿。他想象着劳伦还站在窗后，他能感到她那轻柔的动作，但她已经悄悄离去了。

在铺路石的阴影上面，他相信依然可以看见她躯体细微的波正在这条街的角落消失。像往常一样，在他自己感到脆弱的这种时刻，他把两只手放进雨衣口袋里，猫起腰行走着。

灰白的墙长长的，他跟随劳伦的脚步，为了永远不要追上她，他走得相当缓慢。在小街的入口，他犹豫了。然后，迫于细雨和令他全身麻木的寒冷，他才向入口处走去。

他坐在矮墙上，把这一突如其来急剧中断的生活的每一分钟重新回顾一遍，让它在心头复活。

阿瑟，怀疑和陪伴着它的选择，是使我们感情之弦颤动的两种力量。不要忘了只有这种颤动的和声是重要的。

母亲的声音和回忆突然从他的心底涌现出来。于是，阿瑟抬起他沉沉的身躯，他瞧了最后一眼，怀着一种失败的负罪感回家。

白茫茫的天空预示着没有色彩的一天的来临。所有的清晨都是宁静的，但是只有一些宁静与空白同义，其他的则有时富于同谋关系。阿瑟回家时想到的正是那些空白的宁静。

当有人猛烈敲打阿瑟的房门时，他躺在客厅的地毯上，像是在和鸟儿说话。他没有爬起来。

"阿瑟，你在家吗？我知道你在里面。给我开门，见他妈的鬼。开门！"保罗大声喊着。"开门，不然我要撞进来了！"

在保罗肩膀的第一次撞击下，门框震了一下。

"他妈的，痛死我了，我的肩胛骨要脱臼了，你开门！"

阿瑟爬起来，走到门前，转动插销，还没等门打开，就转过身，四仰八叉地躺在长沙发上。保罗进到房里，他被那到处乱七八糟的场面震住了。地板上铺满了几十张纸片，都是他朋友手写的信。在厨房里，散乱的罐头在橱柜台面上扔得到处都是。洗碗池里的餐具都要满出来了。

"好哇，这里打过仗了，你失败了吗？"

阿瑟没吭声。

"行啊，他们折磨你了，他们割了你的声带。哦，说呀，你聋了？是我，你的合伙人！你是患了蜡屈症还是你喝醉了酒还没醒过来？"

保罗看见阿瑟呜咽起来。他坐到阿瑟身旁，抱住他的肩膀。

"阿瑟，出什么事啦？"

"十天前她死了。一天早上，她就这么走了。他们杀死了她，我不能够制止，保罗，我不能啊！"

"我知道了。"

他紧紧抱着他。

"哭吧，老兄，你想怎么哭就怎么哭好了。这能洗净悲伤。"

"我也只能哭！"

"那么，继续哭吧，你还有余泪，还没有哭干。"

保罗看到电话，站起来把它重新放好。

"我打了好多次你的电话，你就不会把话筒放好吗？"

"我没有注意。"

"你十天没有接到一个电话，而你都没有注意？"

"我无所谓电话，保罗！"

"你不应该这样下去，老兄。这场奇遇曾让我不知所措，但现在倒是弄得你不知所措了。你在梦想，阿瑟，你钻进了一个荒诞离奇的怪故事的牛角尖里。你应该重新站稳脚跟面对现实。你正在毁掉自己的一生。你不再工作，你看上去像一个居无定所的醉醺醺的流浪汉，你瘦得像一颗钉子，你的脸看上去像战前资料上的人。你已有几星期没在办公室露面了，大家都在想你是不是还活在世上。你爱上了一个陷于昏迷的女人，你给自己编造了一个引起幻觉的故事，你偷了她的躯体，现在你又为一个鬼魂服丧。但你可知道在这个城里有个精神病专家，他是亿万富翁，而他还不知道这件事。你需要接受治疗，老兄。你没有选择，我不可能看你处在这种境地而置之不顾。所有这一切只是一个变成噩梦的梦想而已。"

一阵电话铃声打断了他，保罗走过去拿起电话，他又把话筒递给阿瑟。

"是那个警察，他很生气。他十天来也一直试着给你打电话，他想马上跟你说话。"

"我没什么可跟他说的。"

保罗抓起阿瑟的手放在听筒上："你跟他说，要不我让你把这话筒给吃下去。"他把话筒放到阿瑟的耳朵上。阿瑟听着，突然一下子跳起来。他谢过打电话的人，就开始在满屋子凌乱不堪的杂物堆里狂乱地寻找他的钥匙。

"我可以知道出了什么事吗？"他的合伙人问。

"我没时间，我必须找到钥匙。"

"他们来抓你了吗？"

"扯哪儿去了！帮我找找，别说蠢话了。"

"他好多了。他又重新开始骂我了。"

阿瑟找到了他的那串钥匙，他向保罗道歉，说他没时间向他做解释，说时间很紧，但他今晚会给他打电话的。保罗站在那里目瞪口呆。

"我不知道你去哪儿，但如果是一个公共场所，我还是坚决劝你换件衣服，洗个脸。"阿瑟犹豫了一会儿。然后瞥眼瞧瞧自己映在客厅镜子里的身影。他跑进浴室，掉转眼睛，不看那个壁柜，有些地方会重新勾起他痛苦的回忆。几分钟的时间，他洗脸，刮胡子，换了衣服，像一阵风似的从浴室出来，甚至没向保罗道别就冲下楼去，一直跑到车库里。

汽车全速穿过城市，最后停在旧金山纪念医院的停车坪上。他连车门也来不及锁上，就跑到接待大厅里。等他气喘吁吁地赶到时，皮尔盖茨已经坐在大厅椅子上等着他。探长站起来，抓住他的肩膀，请他镇静下来。劳伦的母亲在医院里。考虑到有关情况，皮尔盖茨已经把一切都告诉她了。至少，是把差不多所有的事都跟她说了。她在五楼的走廊里等着阿瑟。

劳伦的母亲坐在重症监护室入口的一把椅子上。她一看到阿瑟就站起来，向他走过去。她拥抱他，亲吻他的脸。

"我不认识你，我们只见过一次，你还记得不，是在海滨，是那条狗它认出了你！我不知道为什么，我也不明白所有的事情，但是我受到你这么大的恩惠，我永远都不知如何向你表达我的谢意。"

接着她把情况告诉阿瑟。劳伦是十天前从昏迷中苏醒过来的，什么道理大家都一无所知。她的脑电图长时间来一直是平平一根直线，一天清晨突然波动起来，表现了频繁的生物电活动。是一个值班护士觉察到了这个信号。她立刻通报科里的住院医生。随后的几个小时里，病房好像变成了蜂窝，医生们进进出出，一批又一批来这里发表他们的意见，或者只是来看看这个从深度昏迷中苏醒过来的女病人。最初那几天她一直是无知觉的。后来，渐渐地，她开始活动她的手指和手。昨天起，她能长时间睁开双眼，细看身边发生的一切，但依旧不能说话，不能随便发出声音。有的教授认为或许应该重新教她说话，另一些教授则肯定反正到时间她自然能说！昨天夜里，她已经能用眨眼来回答问题了。她非常虚弱，抬手臂都像要花费很大的力气。大夫在解释这点时说，这是她这么长久地躺卧和不活动造成的肌肉萎缩所致。这也可以慢慢地通过康复训练来恢复。最后，核磁共振诊断和大脑扫描也让人乐观，时间也证实了这一乐观的看法。

　　阿瑟没听完克莱恩夫人通报的结尾便走进病房。心电仪发出有规律的让人放心的嘀嘀声。劳伦睡着了，眼睑闭着。她脸色虽然苍白，但依然美丽如故。望着她，阿瑟突然感到一阵激动。他坐在床头，握着她的手，然后在她手心上吻了一下。他坐到一张椅子上，就这样待着，久久地望着她。

　　入夜，她睁开双眼，盯着他看，接着向他微笑。

　　"一切都好，我在这儿，"他轻轻对她说，"别累着了，你马上就能说话。" 她皱起眉头，踌躇了一会儿，重新向他微笑，然后又睡了。

　　阿瑟每天都去医院，他坐在她面前，等她苏醒过来。每一次他都跟她说话，告诉她外面发生的事。她不能说话，但是在他讲话时，她总是盯着他看，然后又睡过去。

　　这样又过去了十天。劳伦的母亲和阿瑟轮着值班。两个星期之后，正当阿瑟来到走廊时，克莱恩夫人跑到楼梯平台上，告诉他从昨夜开始，劳伦重新恢复了说话的能力。她用嘶哑迟钝的声音说了几个字。阿瑟走进病房，紧紧挨着劳伦坐下。她睡着了，他把手伸进她的头发，轻轻抚摸着她的前额。

"我是这样想念你说话的声音。"他跟她说。

她睁开眼睛，抓住他的手，用一种迟疑的目光凝视着他，问道：

"你是谁？为什么你每天都在这里？"

阿瑟马上就明白了。他的心一阵发紧。他带着许多温柔和爱回答：

我要跟你说的事情不容易听懂，要接受更是万分困难，但是如果你真的想听听我的故事，如果你真的愿意信任我，那么也许你最终会相信我，而这是非常重要的，因为你自己也不知道：你是这个世界上我能够与之分享这一秘密的唯一的人。

（全文完）

您可在以下网站搜寻到所有关于马克・李维的消息

www.marclevy.info

图书在版编目（CIP）数据

假如这是真的 / （法）李维（Levy, M.）著；杨光正译.
— 长沙：湖南文艺出版社，2016.4
ISBN 978-7-5404-7220-7

Ⅰ. ①假… Ⅱ. ①李… ②杨… Ⅲ. ①长篇小说–法国–现代
Ⅳ. ①I565.45

中国版本图书馆CIP数据核字（2015）第137753号

著作权合同登记号：图字 18-2015-049

Et si c'etait vrai by Marc Levy
Copyright © 2000 Editions Robert Laffont, S.A., Paris
Published by arrangement with Susanna Lea Associates through Bardon-Chinese Media Agency
Simplified Chinese translation copyright © 2015 by China South Booky Culture Media co., Ltd.
ALL RIGHTS RESERVED
本书译文由上海译文出版社授权

JIARU ZHE SHI ZHENDE
假如这是真的

作　　者：[法]马克·李维
译　　者：杨光正
出 版 人：刘清华
责任编辑：薛　健　刘诗哲
监　　制：蔡明菲　潘　良
策划编辑：马冬冬
特约编辑：温雅卿
版权支持：辛　艳
营销支持：李　群
封面设计：棱角视觉
出版发行：湖南文艺出版社
　　　　　（长沙市雨花区东二环一段508号　邮编：410014）
网　　址：www.hnwy.net
印　　刷：北京嘉业印刷厂
经　　销：新华书店
开　　本：880mm × 1270mm　1/32
字　　数：169千字
印　　张：7.5
版　　次：2016年4月第1版
印　　次：2016年4月第1次印刷
书　　号：ISBN 978-7-5404-7220-7
定　　价：38.00元

质量监督电话：010-59096394
团购电话：010-59320018

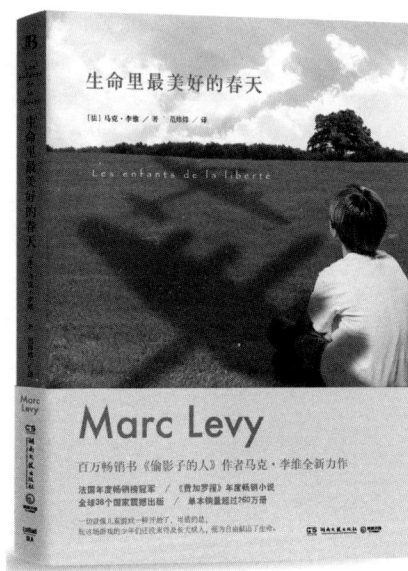

全球38个国家震撼出版
单本累计销量超过260万册

马克·李维最热血动人的作品

今天，我还不认识你，
谁能想到，明天，我就将爱上你。

《那些我们没谈过的事》

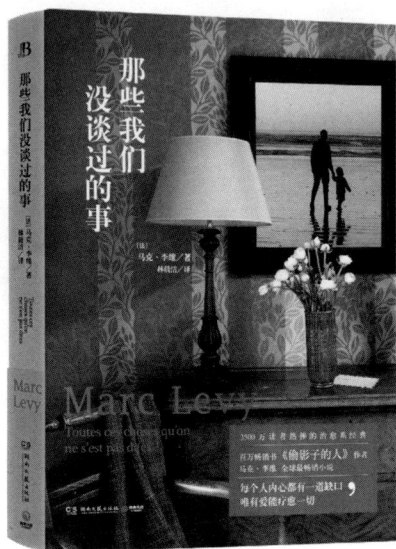

3500万读者热捧的治愈系经典

马克·李维全球最畅销小说

每个人内心都有一道缺口，
唯有爱能疗愈一切。